Schrödinger'

シュレーディンガーの妖精

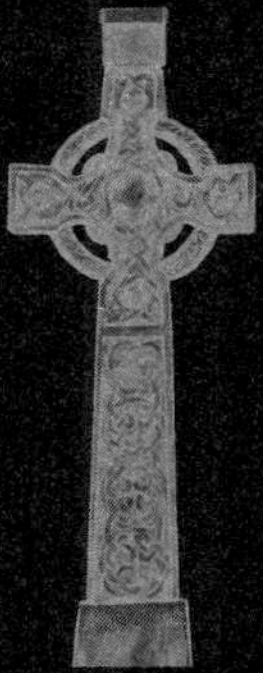

宇賀神修
UGAJIN OSAMU

幻冬舎MC

fairy

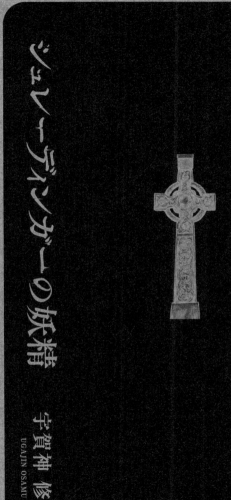

シュレーディンガーの妖精

〈主な登場人物〉

アンネマリー・オブライエン……ダブリン　トリニティ・カレッジの女子学生
古代宗教と東洋思想を学ぶ

ポール・ファレル……同　コンピュータ・サイエンス学科の学生

奥本真……トリニティ・カレッジにある合成生物学研究所の研究員

奥本賢……真の父親　退職後京都のマンションに独居

トイヴォ……合成生物学研究所のロボット研究員　エストニアから派遣

マイケル・オサリバン……同　機器・ＩＴの管理責任者
キャサリン・マクレガー……ボストン　International Computing Technologies
（ＩＣＴ）社のソフトウェア・エンジニア
パトリシア・ハート……キャサリンの母親
ウラディミール……サイバー空間の自称アナーキスト
マザー・ヴェロニカ……ダブリンの北　ドロヘダの女子修道院のマザー

プロローグ

この森は宇宙へとつながっている。

枝を縦横に伸ばした木々の間を縫って森の奥へと続く小道を歩みながら、アンネマリーはいつもそう感じる。

もう夕暮れに近く、薄明に包まれた森の中はひっそりとしている。午後の最後に襲来した短くも激しい雨で周囲の葉群れがしっとりと濡れ、ときおり、葉先から大粒の滴が地面の水たまりに落ちる音が聞こえる。日中むっと息苦しさを覚えた熱気はすっかり拭い去られて、肌に触れる空気をやさしく親密に感じる。踏み締める土も足裏に軟らかい。

もうすぐ、森のすべてが濃い闇に支配される。

でも、アンネマリーは少しも怖くない。子供のころから通い慣れている場所で、真夜中でも一人で来ていた。この小道のどんな細部でも心象となって浮かび、たとえ漆黒の

プロローグ

中でも迷うことはない。広々とした羊の放牧地の中に島のようにポッカリと一つある森で、ひどく大きいのでもなく、リスや鳥や地面を這う虫たちはいても猛獣などはいない。

途中、小道は一度大きく、くの字形に曲がる。

そこが目印の地点で、アンネマリーは小道から離れて木々の間へと分け入った。

足元の地面は下草が少なく、歩くのに苦労しない。近くの木の横枝に注意して進むと、やがてポッカリと大きな円形の空地が現れる。

全体の樹木がきれいに伐採され、中央にだけ梢のひときわ高い木々が、真横に切られたリンゴの断面の芯のように環状に並んで残されている。

フェアリー・リング（妖精の輪）。

妖精たちがそこに集まり輪になって踊ると古くから言い伝えられている場所だ。人々はそのために、木を切らずに残しておく。

足早に空地を横切り、アンネマリーはフェアリー・リングの内側へと入った。

夕暮れの暗がりがさっきよりも深まっている。

高い梢の先を見上げると、濃い青紫色へと変化した天空が世界全体を包んで広がり、輝き始めた最初の星々を眺めることができた。

視線を落とし、アンネマリーは輪の内部を見渡した。暗がりの中でよく判別できなくても、中心近くに大きな自然石が一つある。高さが人の胸ほどのずんぐりした姿で、下の部分は地中に埋もれている。

ゆっくりと近づいて、かたわらに並んで立った。石の上面に片方の手のひらを合わせて置くと、ひんやりとした感触が走る。

アンネマリーがここにやって来るのは、宇宙からのメッセージを受けるためだ。それのできる場所は二つあり、もう一つがタラの丘（Hill of Tara）の中心にある立石だった。タラの丘はこの森からもひどく遠くはない。古代ケルトの上王がその立石で即位の儀式を行ったとされ、いまもアイルランド人にとって聖地としてあり続けている。

宇宙からのメッセージとしか、アンネマリーには考えられない。

それは、ハッキリとした声が耳に届くのではなく、手のひらを合わせている石を通し宇宙の彼方から伝わってくる、波動のような感覚だった。すると心が受信器のようになって、想念とイメージがいっしょに浮かび上がる。宇宙からやって来ると信じるのは、メッセージが届くと同時に、頭上の星々がいっせいに輝きを増すからだ。

さっきの森の中の小道をさらに先まで進むと、修道院の敷地から飛び地になった薬草園があり、さまざまなハーブや薬草が栽培されている。アンネマリーがドロヘダの町にある小学校に通い始めたころ、シスターたちの手伝いで毎日そこに出入りしていたある日、どこからか自分を招く声が聞こえ、木々の中へと足を踏み入れた。そのまま導かれるようにたどり着いたのが、このフェアリー・リングの中だった。ここだよと教えるように、この大きな石があり、近づいて意識せずに手のひらを合わせ、そうして天上からの波動を感じたのだ。

心に浮かび上がるものは、すぐには意味が捉えられない。断片的なものがほとんどで、あとになってようやく不思議なつながりがあったことに気づく。

やがて、そんな宇宙からのメッセージが予言のように働くのだと、アンネマリーは気づいた。

それを話しても、シスターたちはみな子供の作り話と取った。唯一人、マザー・ヴェロニカだけが、いつも真剣に耳を傾けてくれた。

メッセージの前兆を心に覚えると、アンネマリーはこの場所にやって来る。それを避けてはいけないのだと分かっていた。修道院を出て大学に進み、古代宗教と東洋思想を学ぶことにしたのも、メッセージに従ったのだった。

ふたたび空を仰ぐと、星の数が増え、木々の梢が黒いシルエットを作っている。と、星々の輝きがいっせいに増し始めた。手のひらに伝わってくる波動の感覚がある。

アンネマリーは両目を閉じて心を集中させた。

……。

最初に浮かび上がった心象は、この森に似ているが、どこか遠い国にある山林の中の情景だった。

そこもポッカリと空地で、端にある短い石段の上に奇妙な形のアーチが見える。

古代宗教と東洋思想を学んでいるアンネマリーは、それが日本のジンジャ（神社）に特有のトリイ（鳥居）だと分かった。

トリイの先に、古い高床式の木造建築が奥に向かって並んでいる。

この場所へ行くようにと、メッセージはアンネマリーに告げている。

今度は、一連のイメージが浮かんでは流れた。大きな石、その先にある岩穴、穴の内部の壁に刻まれた渦巻き模様。

大きな石にはシメナワ（しめ縄）が巻かれ、そこも宇宙からのメッセージを受ける場所だと分かった。岩壁にある渦巻き模様はもちろんケルト特有のもので、それが日本のミツドモエ（三つ巴）と呼ばれる紋様に似ていることも、アンネマリーは知っている。

……。

この日は、それ以上のものは心に浮かび上がってこなかった。

目を開いて空を仰ぐと、星々の輝きがゆっくりと元に戻っていく。

その翌日も、アンネマリーはフェアリー・リングにやって来た。

日を続けてメッセージの前兆があったことはこれまでなく、怖れのようなものを覚えた。

それでも避けてはならないと分かっている。

……。

アンネマリーには驚くしかないメッセージだった。

世界がこれまでにない災厄に直面し、彼女がそれに立ち向かうのだという。

あたしが？　そんな力があたしにあるのかしら？

困惑したアンネマリーに、さらにメッセージが伝わる。

独りではない、無二の同士がいて、二人は宇宙の中のもつれた量子として存在している――。

アンネマリーは、もつれた量子が何かを知らなかった。

1

昼休みの直前にカレッジの業務課から呼び出され、奥本真《まこと》は朝の残りのピザ一切れを昼食代わりに口にすると、正門近くの事務棟まで急ぎ出向いた。

ところが用事は簡単な手続きだけで、それこそあっという間に終わってしまい、時間をたっぷり余して事務棟を去る破目になった。

このまま研究所に戻るのも芸がないと迷っていると、向かいにあるオールド・ライブラリーの建物に掲示されている案内が目に留まった。パネルに大きく『ケルズの書』全ページが超高精細画像で鑑賞可能とある。

美術にはあまりくわしくない真だが、ダブリンに何年も暮らしていて、『ケルズの書』

がアイルランドの至宝だとは承知している。ケルト美術の最高峰とされる美しい装飾写本だ。オールド・ライブラリーに展示されているのも知っていたが、これまで一度も足を運んだことがなかった。

入口付近が混雑している様子もなく、これも何かの機会と見学してみることにした。入ると、ミュージアム・ショップに観光客の姿がちらほらあるが、その先の資料展示室には見学者がいない。『ケルズの書』の実物は、奥の宝庫内にあるガラスケースに収められていて、ページをめくるのはもちろん手で触れることも許されない。

真が見るのは代わりのデジタル画像だ。資料展示室に最近設置された電子パネルのスクリーン上に、どのページでも自由に映し出すことができる。

さっそく近づいてタッチパネルを操作した。最初に簡単な説明が画面に出て、『ケルズの書』が聖書の福音書の写本だと初めて理解する。

ページを「めくって」いくうちに、真は一つの絵ページに目を奪われた。美しいというより精緻さに圧倒されたのだ。驚くほど細密に描かれ、どこにも同じ模様が繰り返されていない。真が研究対象にしている、無数の異なる細胞から成る有機生命体のように見える。

「その絵が好きなの？」

突然、背後から声がして真は振り返った。

すぐ近くに、いつの間にか同じ年頃の女の子が立っている。まるで異空間からポッカリと現れ出たようだ。

「日本人よね？」

真からの返事を待たず、彼女が次の質問をした。目を大きく開いて、好奇心を隠そうともしない。濃い緑色の瞳に見つめられ、森の奥の神秘な湖がふと真の頭に浮かんだ。どうにも抵抗しがたい雰囲気に気圧されて、真はうなずくだけになった。

「観光客じゃないのね？」

彼女が次々と、質問を繰り出す。

「ここの、合成生物学研究所の研究員だよ」

「留学ってこと？」

「いや、もともとここの学生さ。もう何年もダブリンで暮らしている」

「あら、そうだったのね。あたしも、ここの学生よ。古代宗教と東洋思想を学んでるの」

真にはまったく縁のなさそうな世界だった。

「あたしね、日本人の知り合いがほしいの。それで声をかけたのよ」

彼女が正直に白状した。

1

「僕の名前はマコトだよ。マコト・オクモト」

真が自分から名乗る。

「あたしはアンネマリーよ。アンネマリー・オブライエン」

たがいに名乗ると、アンネマリーが真の横に並んで立ち、いっしょにスクリーンの画像に視線を落とした。

「引き込まれるように眺めていたわよ。この絵がそんなに好き？」

アンネマリーが最初の質問に戻った。

「いや、美術はまったくの苦手だよ。そうじゃなくて……僕が研究している、有機生命体のようだと思ってね」

「あたしはね、マンダラ（曼荼羅）に見える」

「マンダラ？」

真は急いで頭を回転させた。仏教用語だという記憶があるだけで、意味はまったく分からない。

「この電子パネルが使えるようになってから、あたし、ここによく来るの。ページを自由に選べて、細かいところまで見えるしね」

それに今日は、通りがかりに日本人らしい真が入るのを目撃したからだ。

話がすぐにマンダラから離れ、真はホッとした。

アンネマリーが慣れた指使いで画像を拡大しても鮮明さは少しも変わらない。

こうしたものを研究するには確かに重宝に違いない。生物学や医学での電子顕微鏡のようなものだな、と真もあらためて感心した。

「何年もダブリンで暮らしてるって、日本とはもう無関係なの？」

「いや、父親が日本にいるよ。京都を知ってる？」

「もちろんよ！」

アンネマリーがパッと顔を輝かせた。

「だって、祝福の地よ！　メッセージの通りだったわ」

真には、さっぱり意味が分からない。

「キョウトに、家族がいるの？」

「父親だけだよ。母が病気で死んでしまって、子供は僕一人だからね」

「ずっと離れて暮らしてるの？」

「母がまだ生きていたときに、家族三人がダブリンで暮らしていたのさ。父の仕事でね。そのあと日本に帰国したけど、僕は大学に入るために戻ってきた。アイルランドが大好きだったから」

◇1◇

「そうなのね！」

アンネマリーが両手を上げバンザイの仕草をした。

その拍子に、首に掛けているペンダントが白いTシャツの外に飛び出した。

「あれ？　そのペンダント」

真が驚いて目を向ける。

「ゴメン、よく見せてほしい」

アンネマリーは理由が分からないまま、鎖の先のペンダントを手に取って示した。緑の石が本物のエメラルドなのは知っている。

横長の長方形にカットされた表面に、小さな薄い銘板がはめ込まれている。

真はそこに何か刻まれているのを確かめた。

「僕の研究チームの仲間がね、これとまったく同じペンダントを身につけているよ」

アンネマリーが表情を変えた——。そのまましばらく言葉が出ない。

「本当に？　どんな人？　名前は何て言うの？」

ようやく口を開くと、今度はやつぎばやに質問を浴びせた。

「ポール・ファレルという名前で、まだ学部の学生だよ。コンピュータ・プログラミングの天才なんだ。その力を見込まれて、特別にチームに加わっている。これと同じペンダントをいつも首にしているので、僕は何度も見ている。間違いないよ」
アンネマリーは名前を頼りに思い起こそうとしたが、どうにも心当たりがない。
真がさらに目を寄せ、銘板に刻まれているものを確かめた。

$$i\hbar\frac{\partial}{\partial t}\psi=\hat{H}\psi$$

なものが刻まれていた。
アンネマリーが目をぱちくりさせる。
「これは……量子力学の波動方程式だ」
真は驚いた。そういえばポール・ファレルのペンダントの銘板にも、何か数式のよう
「あら、これって方程式なの？　あたし、てっきり、古いケルトの呪文か何かと思って
いたわ。でも波動方程式と呼ぶの？　ステキな名前ね」
「シュレーディンガーの波動方程式といってね、量子力学の有名な方程式だ。これを発
見した功績で、シュレーディンガーはノーベル物理学賞を受賞したと記憶しているよ」
理論物理学者のエルヴィン・シュレーディンガーは生命科学の分野でも大きな貢献を

した。合成生物学につながる分子生物学への道を拓いた偉大な先駆者で、それで真も知っていたのだ。

「その、あなたの仲間のポールに、どうしても会わせてほしいの」

アンネマリーが強く頼んだ。

真は、昼休み時間がもうすぐ終わろうとしているのに気づいた。午後一番にはチームの打ち合わせが予定されている。合成生物学研究所はキャンパスの反対側の端にあり、しかも通りを一つ隔てている。急いで戻らなければならない。

「事前に申請して許可を得ていないと、研究所に入れないんだよ。セキュリティーが厳重だからね。仕事が終わったあとの夕方にしよう」

真がとっさに提案し、二人は場所を決めて約束した。

1

真は仕事を定時で終えると、ポール・ファレルを伴って合成生物学研究所を出た。二人で歩いてキャンパスを抜け、正門を出て、目の前の広い交差点を左にグラフトン通りへと向かう。

夕方といっても夏のこの時間、ダブリン市内はまだ昼の明るさだ。

歩行者天国になっている通り沿いのカフェが、アンネマリーと昼に約束した場所だった。

アンネマリーのほうが、先に店に来ていた。奥のテーブル席で待っていると、真とポールと思える連れが入口に現れて、彼女は弾かれたように立ち上がった。

ポールは、背丈こそ真と同じくらいだが、ひどく痩せた身体つきをしている。針金模型が服を着たようだと、アンネマリーは少し可哀想な気持ちになった。

アンネマリーとポールが対面し、視線が合った瞬間、目に見えない磁力が二人の間に励起され、まわりの空間がかすかに振動した。

「突然に呼び出してゴメンね。あたし……アンネマリー・オブライエンよ」

目の前の相手が、宇宙からのメッセージの伝えた無二の同士だと、アンネマリーはすでに確信していた。

「かまわないよ。僕は、ポール・ファレル」

ポールが表情を特に変えずに返事をする。誰に対しても邪心を抱かないのは、いつもコンピュータ・プログラミングに、関心の大部分を奪われているからだ。

「あたしのことは、アンネマリーって呼んで」

「僕も、ポールでいいよ」

席に着くとさっそく、二人がそれぞれのペンダントを出して確かめた。

間違いなく、色も形も同じ物だ。

「ポール。アンネマリーのペンダントに刻まれているのはね、シュレーディンガーの波動方程式だよ。君のとは違う」

　真がポールのペンダントの銘板を見て言った。

$$i\gamma\cdot\partial\psi=m\psi$$

「これは、ディラックの方程式だよ。ずっと前に、僕が自分で調べた」

「ディラックの方程式？」

　真は知らなかった。

「うん。ディラックは、イギリスの理論物理学者だよ。ディラック方程式はアインシュタインの相対性理論と矛盾しない形で初めて、電子の振る舞いを記述することに成功したんだ。物理学の歴史でもっとも美しい方程式だと言われている」

　ポールは並外れて数理に強い。話がとたんに難しくなり、真はほとんど想像でついていくだけになった。アンネマリーにはそれこそチンプンカンプンで、聞きながら目をぱちくりさせた。

1

「でも、そんな物理学の難しい方程式が……どうして刻まれているんだろう？」

真が疑問を口にする。

「いま検索したら、シュレーディンガーとディラックの二人は、一九三三年のノーベル物理学賞を同時に受賞しているよ」

ポールが手にしたスマートフォンを素早く操作して教えた。

「じゃあ、この緑のペンダントは、受賞を記念して作られたということ？」

アンネマリーが拍子抜けしたように口にする。

「でも、それを君たち二人が持っているのは……どうしてなのかな？」

真はまだ釈然としない。

「記念にたくさん作られて、そのうちの二つじゃないかな」

ポールが意見を述べた。いつもまず、物事をシンプルに解釈しようとする。

「二人とも、ペンダントの由来を聞いていないのかい？」

真が尋ねた。

「僕の両親は知らなかったよ。昔から家で受け継がれてきたと話しただけだ」

真はアンネマリーに視線を向けた。

「あたし、何も知らないよ」

アンネマリーがぶっきらぼうに答えて、なぜか顔を背けた。

「でも、大事にするようにって強く言われた。いつも肌身から離すなってね」

ポールがつけ加えると、アンネマリーが驚いて顔を戻し、まじまじと彼を見返した。

その様子に、ポールがさすがに不審な顔になったが、アンネマリーは何も語らない。

三人は、しばらく黙り込んだ。

結局、モヤモヤが晴れないまま、緑のペンダントの謎解きはそこまでになった。

「ねえ、ポール。量子のもつれって何なのか、教えてくれない？」

アンネマリーが唐突に話題を変える。

「量子を……知ってるの？」

予想外の質問に、ポールが驚いた。

「ううん、言葉を知ってるだけで、中身は全然よ」

どううまく説明できるか、ポールが頭の中で考える。

「量子というのは……原子や素粒子というとても小さな物質に特有のもので、極微の世界の現象だよ。物質を分割していくと原子になり、さらに分割していくと素粒子になる。そこでは僕たちの住んでいる世界とは異なる現象が起こっているんだ」

アンネマリーの顔をうかがいながら、ポールが話し始めた。

「そこを支配しているのが量子力学の法則で、この二つのペンダントに刻まれているシュレーディンガーの波動方程式や、ディラックの方程式などで記述される」

そう順を追って説明する。

「そこではね、エネルギーなどの物理量の値が飛び飛びでしか取れないんだ。特定の値を不連続にね。そうした特性を持つ粒子を総称して量子と呼んでいる。君のペンダントの方程式の左辺に小文字のエイチがあるだろう？　それが極微の世界の最小単位のようなもので、量子の発見者であるマックス・プランクにちなんでプランク定数と呼ばれている」

「世界は、その量子からできてるの？」

アンネマリーがさらに質問した。

「そうだよ。量子の特性を持った素粒子でね。電子や光子《こうし》、さらにクォークとか、そうした素粒子の群から世界は構成されている。素粒子には種類があって、たえず動きながら別の素粒子へと変化もするんだ」

アンネマリーはそれを聞いて、目から鱗が落ちる思いがした。

自分が学んでいる古代宗教や東洋思想は、量子の物理学とはもっとも遠く離れた世界だと考えていた。でも、いまのポールの話にはどこか、仏教思想と共通なものを感じる。

◇1◇

アンネマリーが頭に浮かべたのは、ショギョウムジョウ（諸行無常）とリンネテンセイ（輪廻転生）という二つの仏教用語だった。

「変化は、どんなふうに起きるの？」

「素粒子の間に相互作用と呼ばれる、特定の力が働くことで変化していく」

今度はエニシ（縁）という用語が、アンネマリーの頭に浮かんだ。

「じゃあ、世界は物質がベタベタと……重なり合っているんじゃないのね？」

「世界は『関係』でできているって、そう考えている物理学者もいるよ」

さっきから二人の会話を黙って聞いていた真は、アンネマリーが納得したうれしい表情を見せたことに気づいた。

「で、量子のもつれって？」

アンネマリーが最初の質問に戻ると、説明するのが難しいのか、ポールがまた考える。

「二つの粒子が……特別に絡み合った状態と言えばいいかな。もつれた一対の粒子はね、どんなに距離が離れていても、たがいの状態が瞬時に伝わるんだ。だから量子テレポーテーション（瞬間移動）とも呼ばれている」

「銀河の両端にいても？」

アンネマリーが尋ねる。

「そうだよ。一方の状態が変われば他方も、その瞬間に変わっている」

「……」

アンネマリーの眼差しがはるか彼方に向かった。

まるでSFの世界だな、と真は思った。

謎を残したまま、店の前で三人は別れることにした。

「あたし、これから仕事があるの。テンプル・バーにある店でアルバイトをしてるのよ。一度アパートに戻って用意しなきゃ」

テンプル・バーはダブリン随一の歓楽街だ。トリニティ・カレッジの正門からも遠くない。

「あたしから、また、二人に連絡するね」

そう最後に告げて、アンネマリーが急ぎ足で去っていった。

真とポールにこのあとの予定はなく、二人はとりあえずキャンパスに戻ることにした。

正門を通り抜けたところでポールが歩みを止め、視線を真に向けた。

「ねえ、マコト。アンネマリーって……なんだかアイルランドの妖精のようだね」

そう、印象を口にする。

「さっきは、ただの記念品のように思ったけど、二人が身につけているペンダントと刻まれている方程式について、僕も何か理由がある気がしてきたよ」

さらにそう告げた。

約束通り、そのあとアンネマリーから真のスマートフォンに何度か連絡があった。

1

奥本賢《けん》の暮らすマンションは、京都市内の二条城すぐ裏手の住宅地にある。

繁華街にも近いが、大通りから一筋入るだけで喧噪は消え、閑静な場所だった。

いつものように早起きして朝一番のコーヒーを淹れていると、食卓に置いたスマートフォンに着信があった。

動画通信アプリが開いて、息子の真の顔が画面に現れる。

「父さん、朝早くからゴメンよ」

ダブリンとの時差は八時間……向こうは夜の十時だ、と奥本は頭で素早く計算した。

「いや、もう起きていた。ちょっとだけ待ってくれ」

そう応じて、淹れたてのコーヒーを愛用のマグカップに注いだ。根っからのコーヒー中毒で、起床後にとにかく熱いブラックコーヒーを飲まずには何も手につかない。

「どうした?」

一口飲んでから、あらためて画面の真に訊いた。

親子二人の関係は悪くない。真はダブリンでマイペースの暮らしを送っているが、奥本も干渉するのが嫌いだった。真の母親が他界してから、二人はほどよい程度に連絡を取り合っている。

「父さん。この夏は日本に帰れそうにないよ」

真は毎年、八月の盆の前後に一週間ほど帰国して、母親の墓参りのため京都のこのマンションに滞在するのが常だった。

「研究が忙しいのか？」

「うん。人工のＤＮＡを使って細菌を合成するんだけど、その設計に使うＡＩプログラム用に量子コンピュータを導入するんだよ。その最終の準備で夏休み返上さ」

「量子コンピュータだって？」

「そう、International Computing Technologies（ＩＣＴ）という会社のね。世界でまだ数台しか稼働していない最新鋭のモデルで、桁外れの性能らしいよ。このＩＣＴ社からも支援のエンジニアが近くチームに加わる」

「………」

奥本は不思議な気持ちになった。

ずっと以前、奥本が製薬会社の武中製薬で研究員として働いていたころ、当時最新鋭

①

のスーパーコンピュータを使う創薬の共同プロジェクトに加わることになり、ＩＣＴ社の研究所があるボストンに二年間ほど駐在したことがあった。

親子の人生で同じことが繰り返されているようだ、と奥本は感じた。

まだ独身で辛かった個人的体験もあり、奥本が当時の事を真に語ったことはない。

「細菌を合成するのだって？　何だか、怖いな」

奥本は生物兵器のようなものを想像した。

「父さん。無害な人工細菌ならもうあるんだよ。人工のＤＮＡから実際に作られて、大量に培養保存されている。増殖するだけでまったく無害なんだ。いまやっているのはね、その無害な細菌のＤＮＡに変更を加えて、有用な物質を生み出すようにするのさ」

奥本はそれ以上の質問ができなかった。新薬の開発が一昔前の化学的プロセスから、いまでは分子生物学的なプロセスになっている。テクノロジーの進歩に驚くばかりだ。

「父さん。話を変えるけど、実は、ひとつ……頼みがあるんだ」

「何だい？」

真がためらっている様子なので、奥本が促した。

「僕は帰れないけど、僕の知り合いがこの夏に、どうしても京都に行きたいらしいんだ。それで……一週間ほど、父さんのマンションに居候させてもらえないかな？」

「一人で来るのか？」

「うん。トリニティの学生でアイルランド人だけど、古代宗教と東洋思想を学んでいる」

学生の貧乏旅行だな、と奥本は想像した。夏休みの期間になると世界中からバックパック姿の若者が、大勢京都にやって来る。

「いいさ。父さんも退職して時間がたっぷりあるので、週に二、三回、古巣の大学に通って学び直している。さすがに化学はもう無理だから哲学を聴講しているよ。そんな学生なら、むしろ歓迎さ」

「父さん、女の子なんだ」

「えっ？」

奥本は思わず絶句した。

「真の……ガールフレンドかい？」

探るように尋ねてみる。

「いや、そういう関係じゃないよ。知り合ったのも最近だから」

奥本は事情がよく飲み込めない。

「どう言ったらいいのかな、ちょっと変わった女の子でね……どうにも抵抗しがたいんだよ」

2

ホテルのエントランス正面にある回転扉を通り抜け、奥本賢は広いロビーの手前に立って全体を見回した。

人の数はそれほど多くない。フロントとは反対側の、大通りに面した壁近くに空いたソファーを見つけ、近づいて腰を下ろした。まだ時間があるのを確かめ、透明なガラスがはめ込まれた大きな窓越しに通りの光景を眺める。

このホテルは、市内の中心を東西に走る御池通りの東端近くに位置している。通りを少し先へ進めば、そのまま鴨川にかかる橋になり、東山の峰々がもう間近に望める。反対方向なら、ゆったりした幅の歩道を両サイドに持つ片側三車線の大通りが、二条城のある堀川通りとの交差点までまっすぐに続いている。高い梢を見せて整然と立ち並ぶ街路樹の景観が美しい。

すると、近くの木の葉群れが朝の陽射しにまぶしく照らされた。視界には見えないが、山の向こうに隠れていた太陽が姿を現したのだろう。昨夜降った雨で空気が澄み渡っている。

ようやく長い梅雨が明けたが、今度は暑い夏の出番だ。

奥本は、スマートフォンのアプリでバスの位置を確かめた。南に一筋下がった四条河原町近くのホテルを出発し、このホテルに向かっている。あと十分で到着の表示。関西国際空港から京都まで直行で来る大型バスは、ＡＩによる自動運転で時間がきわめて正確だ。市内の主要なホテルを順にめぐり、海外からの旅行客を降ろしていく。

待っているうちに、エントランスの前にバスが到着した。

奥本はソファーに座ったままでいる。会おうとしている相手はこちらの位置情報を使い迷いなくやって来るので、わざわざ迎えに出てキョロキョロ探す必要はない。

スマートフォンを片手に歩み寄ってくる女の子を見て、奥本が立ち上がった。

白いＴシャツの上に黄土色の薄手のサファリ風ジャケット、それと上下合わせの短いパンツ姿で、荷物は旅行用のバックパックを肩掛けにしているだけだ。

妖精が天空から軽やかに舞い降りてきたかのような印象を、奥本は受けた。

「ケンね？　あたし、アンネマリーよ。出迎えありがとう」

向かい合ったところで、アンネマリー・オブライエンがあいさつをする。親子ほど歳の差がある初対面の奥本にも、遠慮なくファーストネームで呼びかけた。

奥本は不快には感じなかった。ハキハキした口調がむしろ耳に心地よく響く。あらためて相手を眺めると、ゆるい巻き毛の髪を両頬の下あたりまで伸ばしている。アイルランドの女性によく見る赤茶色の髪だが、動作とともに揺れると金粉をまぶしたような不思議な輝きを放つ。

その髪の間からのぞく大きな眼に見つめられ、奥本はドキリとした。濃い緑色の瞳に、底知れず深い奥へと引きずり込まれる感覚になる。真が口にしていた、どうにも抵抗しがたいとは……このことかと思った。

二人はホテルから大通りへと出た。

アンネマリーが朝食は機内で取ったと伝えたので、奥本は彼女をまずマンションに案内しようと考えた。御池通りの地下を走る東西線を使えば二駅だ。

地下鉄を降りて地上に出ると、すぐ目の前に二条城の濠と石垣に白壁の櫓が見える。

アンネマリーが立ち止まって視線を向けたが感想は口にしない。

奥本の住むマンションは濠に沿ってぐるりと回った城の裏手にある。２ＬＤＫの広くはない間取りで、真が日本に来たときに使う部屋を彼女に開放しようと決めていた。洗面室と浴室は時間で使い分ければいい。

与えられた部屋にバッグを置くやいなや、アンネマリーがベランダに出たいと言った。四階建てマンションの最上階にある角部屋で、高さに規制のある京都では眺望がいい。ベランダも広く、奥本は休憩用の簡易テーブルと椅子を置いている。

さっきの通りと濠をはさんで、二条城の殿舎と庭園を眺め下ろすことができる。視線を市街地の先へと向ければ東山の峰々が見渡せた。

「メッセージの通りよ。キョウトは祝福された地ね」

アンネマリーがそう言葉を口にした。

「祝福されたって、誰に？」

「宇宙よ」

「？」

奥本はわけが分からず、しかしアンネマリーが冗談で言っているようには見えないので、この話題を続けても無駄のようだと諦めた。

「それはそうと、君の、京都での予定は？」

2

「あたし、特に決めてないの。メッセージに従うだけよ」

奥本は、唖然とした。

「だが、たとえば今日は……どうするのだい？　まだ、丸一日近くある」

「今日はね、行くところが分かってるの。イセジングウ（伊勢神宮）よ」

奥本はさすがに慌てた。京都にまったく無知なのか、それともからかわれているのか。

「待ってくれ、伊勢神宮があるのは京都じゃない。三重県というところで、京都からは百キロメートル以上も離れている」

「あら、キョウトにあるのよ。あたしが連れて行ってあげる」

アンネマリーが平然と答えた。

これも本気のようで、奥本はそれ以上言葉が続かなかった。

二人はマンションを出て、地下鉄の二条城前駅に戻った。

アンネマリーは京都のガイドブックも持っていなかった。それでも駅入口にある英語の路線図を一瞥すると、プリペイド・カード代わりのスマートフォンを自動改札機にかざし、さっさと中に入っていく。

奥本はあとを追いながら、もう口出しはしまいと早々に決めた。彼女の言動がどれほど奇抜でも、他人に迷惑や不都合を与えなければいい。

五つ目の蹴上駅で下車し、二人は地上に出た。

そこは、市街地から続く三条通りの坂の途中になる。少し下れば南禅寺からさらに平安神宮方面へと至り、春の桜の季節なら大勢の花見客で賑わう。

ところがアンネマリーは、人気のない反対方向へと通りを上っていく。

すぐ先のゆるいカーブを曲がると、大きな白木の柱が道端に立っていた。

「日向大神宮」

と、墨字で黒々と書かれている。ひむかいだいじんぐう。

「ここよ」

アンネマリーが振り返り、満面の笑みを浮かべて奥本に教えた。

三条通りから枝分かれした道の石段を二人は上った。最上段に出て琵琶湖疏水にかかる短い石橋を渡る。

奥本がこのあたりに足を運んだことはなかった。

その先の山の方向に向かって続く細い坂道を、アンネマリーがさらに進んでいく。

高い樹木が道の両側に半ば自然のままに生い茂り、あたりは昼でも薄暗い。ところどころ無人と思える家が打ち捨てられたように残っている。

坂道を十分ほど歩いて道幅が少し広くなったと思うと、突然、山中の林の中にポッカりと空地が現れた。

アンネマリーが歩みを止める。

あたりに人の姿は見えず、木立に囲まれた静寂の中、奥本は清浄の気を身体全体に感じた。

左手にまた短い石段があり、段上に簡素な木の鳥居が立っている。そこが目的の場所らしく、アンネマリーがじっと視線を向けた。

二人並んで石段を上り鳥居の真下に立ったとき、奥本は思わず目を見張った。

伊勢神宮――。

目の前に、まさしく伊勢神宮があった。

いや、伊勢神宮そっくりの社殿が、奥に向かって直列に並んでいるのだった。

アンネマリーが振り返り、また満面の笑みを浮かべる。

さらに歩を進めると、まず本殿があり、次に板塀に囲まれた外宮が、その先に池のような小川が現れ、渡ってまた短い石段を上ると、そこにも木の鳥居が立っている。

そこが敷地の最奥の場所で、やはり板塀に囲まれて今度は内宮があり、天照大御神がまつられていた。

規模は小さいながら、社殿の形も造りも伊勢神宮にそっくりなのだった。

内宮の門に達するとそれ以上は入ることができず、ここで終わりかと奥本が思っていると、アンネマリーが板塀に沿ってさらに左に歩を進める。

「あったわ！」

アンネマリーが声を上げ、奥本も視線を向けた。

しめ縄がされた縦長の大きな自然石がある。

すぐ横に、「祭石　影向岩」と書かれた立札がある。「ようごういわ」と読むらしい。

アンネマリーが近づいて、手のひらを石の上に置き目を閉じると、しばらくそのままでいる。

奥本は状況がまったく理解できず、ただ様子を見るだけだ。

アンネマリーがふたたび目を開けると、手を離す前に、木立の梢の先の天を一度仰いだ。

奥本がさらに驚いたことに、すぐ近くの小さな矢印の案内板に、今度は「天の岩戸」とある。

アンネマリーがその方向へ細い山道を上り始めた。

山林の中の急な坂道を少し行った先に、崖とも見える巨大な岩肌をくり抜いた穴があった。

2

それが「天の岩戸」で、入ると別の出口へ通り抜けができ、そうすることでご利益があると簡単な説明書きがある。

アンネマリーがためらわず穴の中へと進み、奥本も続いた。

内部は上面が低く、腰を少しかがめて進まなければならない。

途中、直角に曲がったところに小さな祠があり、アンネマリーは興味を覚えて立ち止まったが、いまはもっと大事なことを確かめなければならない。

出口すぐ手前の岩壁の下にそれを発見し、アンネマリーが笑みを浮かべた。

奥本が背後からのぞいて見ると、暗くてよく判別できないが渦巻き模様のようなものが刻まれている。

「さっきの渦巻き模様に、何か特別な意味があるのかい?」

岩穴から出たところで尋ねてみた。

「あれがキョウトが祝福された地であることの、サインなの」

奥本はまたまた黙るばかりだった。

二人は最初の鳥居に戻って石段を下り、ふたたび神社前の空地に立った。

この神社はいったい?

石段の横に案内板があり、奥本が近づいて説明を読んだ。

京のお伊勢さん、とある。

この空地からさらに奥へ道を上ると、山上に伊勢大神宮遙拝所があり、鳥居が正確に三重の伊勢神宮の方角を向いて、そこに参拝すればお伊勢参りをしたことになるのだという。

が、それはアンネマリーの関心外だった。さっきの「影向岩《ようごういわ》」で宇宙からのメッセージを受け、「天の岩戸」の渦巻き模様を確かめたことで、彼女は目的を達していた。

夜に、奥本とアンネマリーはまた、マンションのベランダで会話を交わした。

「キョウトは、盆地なのね」

アンネマリーが椅子から立ち上がって街の周囲をぐるりと眺めた。

「そうだよ。三方を山で囲まれている」

奥本が教えたが、この時刻、周囲の峰々は黒々とした屏風のように見えるだけだ。

「あのあたりが、君と、今日行った場所になるかな」

奥本がだいたいの方角を指さした。

「タラの丘を知ってる?」

アンネマリーが振り返って訊いた。

②

「ああ。アイルランドに駐在中、家族で訪れたことがあるよ」

タラの丘はダブリンから北西に四十キロほどの距離にある。古代の王たちの墳丘とされる遺跡が残る小高い丘で、アイルランド人の心の故郷とも言うべき聖地だ。

「タラの丘とキョウトの盆地がね、ちょうど重なるのよ」

「重なる?」

「そうよ。逆さにしてね」

土地の形状を述べているのか、彼女の突飛な言動にどうにか慣れてきた奥本も、さすがに測りかねた。

「アイルランドと日本は、ユーラシア大陸の西と東の端にある島よね。だから大陸の中間でこんなふうに折り曲げて、端と端を合わせるの」

アンネマリーが左右に伸ばした両腕を胸の中央で合わせた。

「………」

冗談なのか本気なのか分からず、奥本はただ困惑するしかない。

「星がきれい」

アンネマリーが天を仰いで口にした。

つられて視線を頭上に向けた奥本は、おや? 京都の街中から見る星はこんなに輝いていただろうか、と不思議に感じた。雑多な照明に邪魔されていつもかすんでいるはずだが――。

アンネマリーが何かを待つように夜空を眺め続ける。

――と、東の暗い空を上から切り裂くように一筋の白い線が走り、流れ星が黒い山並みに吸い込まれるように消えた。

「流れ星が消えた、あの大きな山は何？」

そう訊かれて、奥本は視線を遠くの闇に凝らした。ひときわ大きな影になっている山容で見分けがつく。

「あれは比叡山だよ。市街地の北東の方角にあって延暦寺という大きな寺院がある。古くからの仏教の中心地だ」

「キモンね」

キモン？　ああ、鬼門のことか、と奥本は了解した。古代宗教と東洋思想を学んでいるだけあって、彼女はそんな言葉も知っている。

「明日は、そこに行くわ」

アンネマリーが宣言するように告げた。

「おやおや、流れ星に導かれたのかい？」

奥本は内心で苦笑し、つい揶揄するように口にした。

「そうなの。昼にケンと行ったイセジングウでね、宇宙からのメッセージを受けたのよ。夜に星の導きを待つようにと」

「――」

2

翌日、奥本はアンネマリーを比叡山に案内しようとした。当然、山上の延暦寺を訪ねるものと考えたのだ。

「ううん。山の麓でいいの」

そう、アンネマリーが返す。

山の麓と言われてもどのあたりか、奥本には見当がつかない。だが、それ以上の説明がなかった。

仕方がないので、登り口になっている修学院や一乗寺に連れて行こうと考えた。そのあたりなら学生時代に暮らしていたので、奥本はよく知っている。

地下鉄から京阪電車へ三条京阪駅で乗り換え、終点の出町柳駅からさらに叡山電車に乗って修学院駅で降りた。

「暑い中を歩くけど、いいかい?」

「あたし、歩くの大好きよ」

アンネマリーは、今日は野球帽のようなキャップを頭に被っている。長いつばから額に出た髪を手で払って答えた。

駅を出ると、奥本が案内して曼殊院へ向かう道をたどった。

比叡山の麓に近づくにつれ、風景がしだいにのどかになり、どこか歴史を過去に戻るような気分になる。森の濃い緑が目にまぶしい。

並んで歩を進めるアンネマリーの動きが風のように軽やかだ。

案内などしなくていい、と奥本は割り切っていた。彼女が告げるだいたいの場所まで連れて行き、あとはするようにまかせておけばいい。

曼殊院の塀の石垣に沿う道を進み、そこから林の木立に囲まれた中を一乗寺のほうへ向かう。いわゆる曼殊院道だ。平日で、人影がほとんどない。

林を抜けたすぐ左手に、武中製薬所有の薬用植物園がある。ずっと関東で勤務していた奥本が訪ねる機会はなかったが、会社のそうした施設があることは知っていた。

「ここは、何?」

意外にも、アンネマリーが関心を示した。

「製薬会社の薬用植物園だよ。実は、その会社でずっと働いていたのさ。自分で来たことはないが、世界中から薬用の候補になる植物を採集して栽培し、新薬の研究をしている」

「入って見られる？　あたし、植物が好きなの」

「確か、見学はできたはずだが……」

奥本の記憶では、社員や退職者なら事前の申請は不要のはずだった。

二人は門から入り、案内表示に従って少し先の建物へと向かった。そこに施設の管理事務所がある。

窓口で確認するとやはり、退職者は在籍時の社員番号と氏名の確認のみで見学可能だった。同伴者も許される。

二人は入園者の記録用紙に記入し、渡された番号プレートを首に掛けると、さっそく事務所の外に出て見学を始めた。

園の敷地は想像していたよりはるかに広かった。エリアを分けてさまざまな樹木と草花が栽培され、一つひとつに名前と科目そして簡単な説明が付いている。

近くのものから順に見ようとした奥本を置いて、アンネマリーが放たれたように自由に動き、たちまち奥本の視界から消えてしまった。

奥本は追うことは考えず、自分のペースで見ることにした。現役時代に新薬の開発をしていたのでやはり興味を覚える。こんなにも多種多様な植物が世界中から採集されていたとは、実に驚きだった。

奥本がようやく一つの区画を見終えたときだった。

「ケン！」

ずいぶんと先のほうで、アンネマリーの叫ぶ声がした。姿は見えない。

奥本が急いで追いつくと、アンネマリーは、足元の柵の囲いの中にある低い草を見つめていた。溢れるようにいっぱいに栽培され、白く小さな花をたくさん咲かせている。

奥本は最初、ただのクローバーだと思った。

「四つ葉よ！　それも、こんなにたくさん！」

アンネマリーが眼を輝かせて教えた。

奥本が注意して眺めると、なるほど四つ葉のものが多くあり、その割合が尋常ではなかった。全体の半分近くもある。

名前の立札にある日本語の説明を、奥本が読んだ。

アイルランドで採集されたシャムロック（アイルランドではクローバーを一般にそう呼ぶ）と日本在来種のツメクサを掛け合わせたものだという。クローバーにはもともと解毒や強壮効果があるらしい。

◇2◇

奥本が英語に訳してアンネマリーに伝えた。

アンネマリーがスマートフォンのカメラで花と葉を写し、ネット上のオンライン植物図鑑で照合して、これまで報告されたことのない新種だと分かる。

「アイルランドに持ち帰れる？　あたしが育てたいの」

アンネマリーが写真に撮って言った。

植物園の見学はそこまでにして、二人は事務所へと戻った。

「海外に……ですか？」

奥本が写真を見せて可能かどうか尋ねると、担当の女性がアンネマリーを横目で見た。

「アイルランドなのだが、入国時の検疫で没収されてしまうだろうか？」

「いいえ、その点はだいじょうぶです。ここで栽培している植物は規定の検査を定期的にしているので、検疫済みの扱いにできます。海外の研究所にいつでも送れるようにしているのです。その旨のシールを貼って検疫を通過できます。ですが――」

彼女が問題点を説明した。栽培中の植物をそのまま手渡すことが規則上できない。種子なら適時採取保存しているので確認後に渡せるという。

次の日まで待って、奥本とアンネマリーがふたたび施設を訪れた。

昨日と同じ女性が相手をしてくれる。

「実は、発見がありました。あのクローバーは突然変異を起こしていたのです」

彼女自身にも驚きだったらしい。

「――通常、四つ葉ができる原因は事故によるのです。葉の発生時に人の足で踏みつけられてしまった、というようなことです。でも、あまりに割合が多いので遺伝子を調べたところ、突然変異によるものだと分かりました。あのエリアは研究員もほとんど注意を払ってなかったようで見逃していたのです。新しい薬効成分が抽出できるかもしれません」

やや興奮した面持ちの彼女から、二人は検疫不要のシールが貼られたカプセル入りの種子を受け取った。

その日は、マンションに帰ってから時間を見て、奥本がダブリンの真に連絡した。日本での様子を知らせようと思ったのだ。

「アンネマリー、念願の京都はどう？」

スマートフォンの画面の向こうから真がさっそく尋ねた。

「とても満足よ。キョウトはね、メッセージ通り祝福の地だったの」

奥本は苦笑するしかなかった。彼女が訪れたのは東山の日向大神宮と、比叡山の麓にある武中製薬の薬用植物園だけだ。観光スポットはどこにも行っていない。

「父さん、ありがとう。感謝してるよ」

「いや、特別なことは何もしていないさ。いっしょに楽しませてもらっているよ。なるほど抵抗しがたいのでね」

アンネマリーがいるので、奥本も真も英語で話している。二人がイレジスタブル（抵抗しがたい）という言葉を口にして笑うと、彼女がキョトンとした表情を浮かべた。

比叡山麓の薬用植物園で見つけた新種のシャムロックに話が及んだ。新たな薬効成分が見つかるかもしれないと園の担当者が話していたのを、奥本が伝える。

「父さん。それって、僕たちの人工細菌に分泌させるターゲットの物質になるかもしれない」

真が、がぜん強い興味を示す。

「そうなのか？　それなら遺伝子の情報を使わせてもらえるよう頼んでみよう」

アンネマリーも話についていけるよう、真が研究内容を簡単に説明した。

「あたし、その四つ葉のシャムロックの種を持ち帰って、自分で栽培するつもりよ」

アンネマリーが真に伝えた。

◇2

明日には、アンネマリーが日本を発ってアイルランドに帰る。

夜が更けて、二人はマンションのベランダに出た。

この時間になると吹く風が心地よい。奥本もアンネマリーもエアコンに頼らず外気に触れて涼むのを好み、この一週間、夜は毎日ベランダに出て過ごした。

「不思議だな。今夜も、星が驚くほど輝いている」

奥本が天を仰いで口にした。黒々と澄み渡る海のような空に星々がきらめいて浮かんでいる。

「こんなに親切にしてもらって、あたし、ケンにとっても感謝してる」

アンネマリーがあらたまって口にし、まっすぐに奥本を見た。昼の光の中なら濃い緑色と分かる瞳が、いまは夜の闇に溶け込み区別がつかない。

奥本は世話をしたという実感がなかった。彼女は京都で定番の観光スポットにまったく興味を示さず、マンションの隣と言ってよい二条城でさえ、一度も足を運ばなかった。奥本の案内など必要なかったのだ。

それでも、二人で朝夕の散歩をよくした。マンションの近辺を歩いただけだが、途中の小さな神社と境内の縁起物、狭い路地に点在している祠や地蔵仏、そうしたものがアンネマリーは好きだった。

単に同居していただけの感じだな、と奥本は振り返った。それでもあっという間の一週間だった。

「ケンみたいなダッド（父親）がいて、マコトは幸せね」

アンネマリーが唐突に口にした。

「さあ、どうだろう？　ずっと離れて暮らしているので、あまりベタついた関係ではないよ」

奥本はそう答えたが、ちょうど親子の話題になったので、気になっていたことを口に出そうと思った。いつの間にか、他人以上の気持ちを抱いている。

「アンネマリー、ひとつ質問してもいいかい？」

「なあに？」

「ここにいた間に一度も……家族に連絡を取らなかったね？」

アンネマリーの顔から笑みが消えた。

返事をせず、視線だけを奥本に注ぐ。

「――ゴメン。立ち入ったことを訊いてしまったかな。いやなら話さなくていいんだ」

奥本は慌てて取り消した。

アンネマリーがゆっくりと笑みを戻す。

「ううん。ケンになら話してもいいよ。あたしね、親に捨てられたの」

「……」

奥本のほうがアンネマリーを凝視した。

「まだ赤ん坊のときよ。親のことはまったく記憶にないの」

「よけいなことを訊いてしまった……」

「いいの。ダブリンの北にドロヘダという町があってね、その郊外の森の中にある修道院の前に置き去りにされていたの。修道院に付属の孤児院があって、そこでずっと育ったんだ」

「両親の手がかりはないのかい？」

奥本は用心しながら口にした。

「これだけかな――」

アンネマリーが首に掛けているペンダントを、白いTシャツの内側から取り出した。四角い形が奥本にも分かったが、色は暗くてよく判別できない。

「緑色をしているの……本物のエメラルドだって。これを首に掛けて置き去りにされていたのよ。手に紙片を握っていて、このペンダントを生涯離さず身につけさせてほしいって、そう書かれていたの」

不思議な話に、奥本は黙って耳を傾けた。

◇2

「それは守ってる。ほかには両親のこと何も知らないし、探したいとも思わない」

断定的に言って、アンネマリーが話を切り上げた。

それが彼女の本音かどうか、奥本には判断しかねた。滞在中、確かに一度もペンダントを身から離さず、言葉以上に大切にしているように思える。

「ここにね、物理学の方程式が刻まれてるって、マコトが教えてくれたの。波動方程式と呼ぶのよ、ステキな名前でしょう?」

室内からの光にペンダントを近づけ、アンネマリーが表面の小さな銘板を示した。

それが量子力学の有名なシュレーディンガーの波動方程式だと、大学で化学を専攻した奥本にも分かった。

「それだけじゃないのよ。マコトの研究チームにポールという男の子がいて、これとまったく同じペンダントを身につけているの。そこには別の方程式が刻まれてる。マコトに紹介してもらうまで、ポールとはまったく見ず知らずだったのに」

奥本は、いっそう興味をそそられた。

「あたし、アイルランドに帰ったら調べてみようと思うの」

奥本はふと、この夏に自分もダブリンに行こうかと思った。真が忙しくて日本に来れないなら、こちらから行けばいい。京都の暑い夏を避けたい気持ちもあった。

そう、アンネマリーに話した。

「本当？　じゃあ、ケンとダブリンでまた会えるのね！」

アンネマリーが声を上げて喜んだ。

ひとしきり話を続けたあとで、二人はまた空を見上げた。

おや、と奥本が気づいた。星々がくっきりと明るいだけでなく、薄いレースがかかったように天の川が見える。日本の都会の空では、天の川がもう識別できないはずだが……。

「ケン、知ってる？」

アンネマリーが天を仰いだまま声をかけた。

「広大な宇宙の中でどんなに距離が離れていても、私たちは瞬時に感じ合うことができるの、銀河の両端にいてもよ」

「そんなことが可能なのかい？」

「もちろんよ。量子のもつれというの。ポールが教えてくれたのよ。ポールは天才だから」

3

奥本賢がダブリンのホテルにチェックインしたのは真夜中を過ぎた時刻だった。予定より七時間以上も遅れたことになる。

航空会社が手配した大型の臨時バスが市街の中心部を流れるリフィー川沿いの通りに着き、乗客全員が下車すると、そこは幸運にも奥本の宿泊するホテルから至近の場所だった。

部屋に入って旅行用のスーツケースを床に置くやいなや、奥本は疲れてベッドの端に腰を落とし、やれやれ旅の最初からとんだトラブルに遭遇したものだ、と一人つぶやいた。

ブリティッシュ・エアウェイズの便で関空を飛び立ったのが日本時間の正午少し前、経由地であるロンドンのヒースロー空港でアイルランドへの入国審査を事前に済ませ、同じ航空会社の乗り継ぎ便で夕方にはダブリンに到着できるはずだった。

そのはずが——奥本は予想外の事態となった経緯を思い返した。

ヒースロー空港に着陸する直前までは順調そのものだった。乗機が滑走路に向かって照準を合わせ、降下しながら近づいていくのを機内のスクリーンで眺めていると、タッチダウンの寸前に機体が急上昇に転じ、乗客全員が座席に背中を激しく打ちつけた。着陸に備えてシートベルトを締めていなければ、転げ落ちる者も出たことだろう。やり直しを伝える機長の短いアナウンスがあり、機体が水平に戻ると、キャビン・アテンダントたちが手分けして乗客や手荷物にケガや異常がないかを確認した。

事態が尋常でないと分かったのはそれからで、着陸のやり直しがすぐには行われず、機は空港近くの上空を二時間近くも旋回し続けることになった。ようやく許可が下りて着陸すると、空港内は至るところで大混乱を呈し、奥本も乗り継ぎ便の変更を余儀なくされた。

息子の真と今夜のうちに会うと決めていたが、ダブリン空港に到着後すぐに連絡して取り止めた。

3

翌朝、起床して手早く洗面と着替えを済ませ、奥本は朝食を取るため一階フロントの先にあるレストランへと向かった。昨夜は夕食もまともに取れず、目覚めたときから空腹を感じていた。

テーブルに着いて待つ間にフロントで手に入れた朝刊を開いた。一面に大きな見出しが出ている。

「ヒースロー空港に大規模サイバー攻撃　管制機能がマヒ」

サイバー攻撃によるトラブルだったのか、と奥本は意表を突かれた。

かなりのトラブルだったらしい。記事によると管制システムを制御するコンピュータ・プログラムが突然異常な動きとなり、そのため離着陸のオペレーションが正常に行えず、すべて手動に切り換えどうにか乗り切ったという。飛行機同士の衝突も最悪あり得たと目にして、奥本もさすがに背筋が寒くなった。

このところ世界の各地で、こうしたサイバー攻撃のニュースを耳にするようになった。いずれも実行犯が判明したと聞かないのが不気味だった。

朝食を終え、奥本は部屋に戻って真に連絡した。

「父さん？」

スマートフォンの画面に真の顔が現れる。

「そうだ。いま話せるか？」

「うん。もうすぐ研究所に向かうけど、まだ少しだいじょうぶだよ」

「会うのは、いつがいい？」

「明日でどう？　今日はいろいろと立て込んでいるから」

「相変わらず忙しいようだな。いいさ、こっちの都合はどうにでもなる」

「父さん。それなら明日、合成生物学研究所においでよ。一度見学したいって言ってたよね。チームの仲間も紹介するよ。父さんの顔写真をスマホで送ってくれるかな？　中に入れるよう、手配しておく」

奥本には願ったり叶ったりだった。いまさらダブリンの市内を観光見物しようという気持ちは少しもない。真に場所の確認をして訪問時間を決めた。

「父さん、昨夜は大変だったね」

真が話題を変える。

「ああ。さっき新聞でくわしく読んだ。サイバー攻撃だったらしいが、まさか自分が乗った飛行機が巻き込まれるとは……大事にならなくてよかった」

「最近、こんなニュースが多いね」

「まったくだな。犯人が特定されていないのも気になる」

3

二人はそこで、通話を終えた。

奥本は、窓辺に近づいて外を眺めた。

ホテルはすぐ下の通りをはさんで、リフィー川に面している。駐在当時に暮らしていたのはダブリンの郊外で、こうして市街地の中から見渡す光景は奥本にも新鮮だった。

朝からの晴天で、川面が陽光にキラキラと輝いている。

ふと、揺れると金粉をまぶしたように輝く、アンネマリー・オブライエンの髪を連想した。

彼女とは日本を発つ前に連絡を取り、数日後に会う約束をしている。


合成生物学研究所はトリニティ・カレッジの正門から入って、キャンパスのもっとも奥まった場所に位置していた。正確には、大学の敷地と通りを一つ隔てた向かい側にある。

ジョージ王朝様式の堂々たる石造りの建物だが、正面から眺めると、三角形の端正なファサードが全体の重々しい雰囲気をうまく和らげている。ダブリンの市街地の真ん中にあるキャンパスがどこも窮屈で、敷地外にあるこの建物を新設の研究所のために転用したのだと、真が話していた。

リフィー川の対岸になるがホテルから歩いて来られる距離で、奥本は予定時間の少し前に、広い石段を上がり中央の正面入口から中に入った。

外観にふさわしく、内部も荘重な雰囲気だった。

入ってすぐ横に受付があり、奥に向かって伸びる幅広い通路の両側に、待合や談笑用のロビーが並んでいる。その先は関係者と訪問者が利用できるカフェテリアになっていた。

奥本が名前と用件を伝えると、受付の若い女性が軽く笑みを返し、机上のコンピュータ端末に入力して確認した。

「合成生物学研究所は二階から上になります。この通路をいちばん奥まで進むと専用のエレベーターがありますから、その前でお待ちになってください」

そう、奥本に教える。

約束通り、真が手配してくれていた。

通路がカフェテリアを抜け奥の壁に突き当たったところに、大きなエレベーターがあった。建物の壁は大理石とマホガニーの重厚な造作だが、そこだけはジュラルミンのような合金製の扉になっている。

横にさり気なく、「関係者以外　使用禁止」と注意書きがある。

3

奥本が立って待っていると、予告もなく扉が両側にスーッと開いた。

真が中に立っていて、手で仕草をして奥本を招き入れる。

「関係者以外使用禁止とあったが、いいのかい？」

「事前に申請して許可を得ているよ。扉にカメラが目立たないように装着されていて、ＡＩが自動で顔認証しているんだ。父さんの顔写真を使わせてもらったよ」

二階でエレベーターから出ると、まったくの別世界だった。

一階の重厚な雰囲気とは真逆で、モノトーンの長い廊下が左右に伸び、ＳＦ映画に登場する未来の宇宙基地のように、床も壁も天井も同質の人工素材が使われている。

廊下をはさんでエレベーターと同じ形の扉があり、ここでも顔認証でダブルチェックがされ、ようやく開いた。

「ずいぶんと厳重だな」

いくぶん緊張して足を踏み入れた奥本は、しかし、とたんに拍子抜けしてしまった。

「真、ここが生物学の研究所なのか？」

奥本が頭に想像していたのは、試験管やシャーレなどの実験器具がところせましと並び、白衣姿の研究員たちがそれらを手にしている、という光景だった。

そうした類いは何もない。広々としたフロアーの中央を十字形に通路が走り、それに沿ってガラス壁で仕切られた同型のセクションが並んでいる。どのセクションにもシンプルなデザインのテーブルと机と椅子が同じように配置され、そこに置かれているのは大型のスクリーン端末と付属の装置、そして精巧な電子機器といったものばかりだ。すべて無線でつながっているのか、ケーブル類がいっさいない。

「父さん、そうだよ」

呆気にとられている奥本を見て、真が笑って答えた。

「分子生物学や遺伝子の研究はね、いまではデジタル情報工学なんだよ。あの大きなスクリーン端末がスーパーコンピュータにつながっていて、タンパク質やＤＮＡの三次元立体画像が表示される。僕たちはそれを使って設計や編集をするんだ」

スクリーンに向かっているのはほとんどが若者で、みなＴシャツにジーンズといった軽装だ。

「じゃあ、真が研究している人工細菌とやらは、どこにあるんだ？」

「ここには別の施設だよ」

真が説明した。

研究で扱う人工細菌やほかの生命体、それに材料となる人工ＤＮＡなどは、ダブリン市街地の外れにある特別な施設の中で培養保存されている。世界保健機関（ＷＨＯ）が定めたＢＳＬ４（バイオ・セーフティー・レベル４）の安全基準を満たしたアイルランド初の施設で、合成生物学研究所の設立と併せて設置された。日本なら東京の武蔵村山市にある国立感染症研究所が持つ施設に相当する。毒性や感染力のもっとも危険な細菌やウイルスに対しても安全が保てるよう、特別な設計がされている。

「無害な人工細菌といっても、ＤＮＡの設計を誤ったり、編集ミスで危険な毒性を持つようになったら、それこそ大変だからね」

真が真剣な表情になった。

「そのＢＳＬ４施設内に、合成生物学研究所専用の実験室があるんだ。そこにある電子顕微鏡やロボットアームを使って細菌のＤＮＡを改変するのだけど、ここから遠隔操作ができるんだよ。高精細カメラの映像を見ながらの作業で、目の前でしているのと変わらない」

「その実験室に足を運ぶことはないのかい？」

「ＤＮＡの設計中はほとんどないよ。遺伝子を改変した人工細菌を実際に培養して、結果を確認するときくらいかな。あとは実験に使うマウスの飼育や、試料にする植物の水耕栽培もそこでするから、そうした作業で行くことがある」

奥本は、かつて自分が新薬の開発をしていた当時を振り返り、あのころとはまったく世界が変わってしまったのを実感した。

「父さん、チームの仲間を紹介するよ」

真が言って、通路の奥へと進んだ。ガラス壁で仕切られたセクションの一つに奥本を連れて入る。

「これはトイヴォ。僕の、いちばんの相棒さ」

奥本はまた仰天させられた。なんと、人型のロボットだ。

「オ会イデキテ、ウレシイデス」

奥本に日本語であいさつする。合成音だが不自然さはほとんどない。

「いや、こちらこそ……」

とまどいながら、奥本も返事をした。

「トイヴォはね、エストニアのライフサイエンス大学から派遣された、特別なロボット研究員だよ」

「エストニアというと、あのバルト三国の一つの？」

奥本は、今朝ホテルで読んだ新聞のサイバー攻撃の記事に、エストニアという文字を見たのを思い出した。

「そう。トイヴォは自立して動いているように見えるけど、エストニアにあるサーバー上のAIプログラムで遠隔制御されている」

「会話もなのか？」

「そうだよ。話し相手の声をデジタル化してエストニアのサーバーに送り、AIが内容を理解して、リアルタイムで音声合成し返送している」

奥本は驚くばかりだった。エストニアは小国ながらITの先進国だと聞いた覚えがあるが、その通りだと感心する。

真が、次に、大きなスクリーン端末に向かっている若者に近づいた。

「ポール。少しだけ邪魔していいかい？　僕の父さんが日本から来たんだ。君を紹介したい」

若者が振り返り、慌てて椅子から立ち上がった。

「あっ、どうも。ポール・ファレルです」

アンネマリーが天才だと賛嘆していた若者だと、奥本はすぐに理解した。好奇心を顔に出さないよう気をつけて相手を観察する。

背丈は真と同じくらいだが、心配になるほど痩せている。色白で少しも日焼けしていないので、なおさらに虚弱な印象だ。金色の短いストレートの髪に薄い青色の眼をしている。眼の光りが恐ろしく利発そうだった。

「父さん、ポールはね、コンピュータ・プログラミングの天才だよ。まだ中学生のときにアイルランドの全国学生プログラミング・コンテストで優勝した。大学生や高校生の並みいる強豪相手に史上最年少でね。その記録はいまでも破られていないんだよ」

自分のことではないのに、真がひどく自慢そうに話した。ポールのほうが照れくさそうな様子を見せる。

「ポールはコンピュータ・サイエンスを専攻している。まだ二回生だけど才能を見込まれて、この研究所を助けているんだ。もうすぐ量子コンピュータを導入するからね」

話題が量子コンピュータのことになり、ポールが眼を輝かせた。

「マコト。午後に、ＩＣＴ社のキャサリン・マクレガーが来るよ。今日からいっしょにセットアップ作業を始める」

興奮を抑えられない様子だ。

奥本は、ポールに会ってすぐに、彼の首に鎖が掛けられていることに気づいた。アンネマリーが話していたペンダントに違いない。

「君が首にしているのはペンダントだね。見せてもらっていいかい?」

奥本が求めると、黒い無地のＴシャツの内側から、ポールが緑のペンダントを取り出した。

◇3

奥本が自分の手に取り確かめる。

「京都に来たアンネマリーが、これについて話していた。確かに、彼女が首にしているものと色も形も同じだね。銘板に刻まれた式だけが違っている」

「ディラック方程式と言うらしいけど、僕には難しくて分からないや」

真が口にしたが、ポールは特に説明を加えなかった。

ペンダントについて調べるとアンネマリーが言っていたのを、奥本は思い出した。彼女とは明日に会う約束をしている。

「それにしても、みんな若いんだな」

真と二人に戻ったところで、奥本が感想を述べた。

「合成生物学ってわりと新しい分野だからね。若い研究者がほとんどだよ」

「指導してくれる教授はいるのかい？」

「いるけど、ここにはあまり姿を見せないよ。もっと重要なプロジェクトが上級の研究チームで進んでいるからね。僕らのやっているのは難易度がそう高くはないんだ」

「そうなのか？」

奥本には意外だった。

「うん。生命科学の学部を終了したレベルの学生なら充分やれるよ。あらかじめ用意されている人工細菌にＤＮＡの部品を組み込んで、特定の機能を持たせるのだけど、手順や作業はそれほど難しくない。それよりコンピュータを使った解析と計算が膨大になるんだ。最新鋭の量子コンピュータを導入するのはそのためだよ。ポールのようなプログラミングの才能も必要になる」

若いながら真が一応のリーダーで、相棒がロボットのトイヴォ、そこにプログラミングの天才であるポールが入り、さらにＩＣＴ社から支援のエンジニアが新たに加わる、というのがチームの構成だった。

見学を終え、奥本は辞去することにした。出口のセキュリティー扉まで真が見送ってくれ、夕食をいっしょに取ることを約束して、二人は別れた。

奥本はエレベーターで一階に下りた。

扉が開くと、乗ろうと待っている一人の人物がいた。

顔に見覚えがある。

「ケンじゃないか！」

先に相手が気づいて、名前を呼んだ。

「マイケル！」

3

　声を聞いて、奥本も思い出した。ダブリンに家族で駐在していた当時、いっしょに仕事をしたマイケル・オサリバンだ。

　日本の武中製薬がアイルランドの同業のシャノン社を買収したことに伴い、新薬の開発を行う部門のマネージャー職だった奥本が、両社の部門の統合作業を命じられダブリンに来た。相手役であるシャノン社側の責任者がマイケル・オサリバンだった。

「元気か？」

　エレベーターを出た奥本に、マイケルが近寄って握手を求めた。

「ああ、元気にしているよ。君もか？」

　差し出された手を握り、奥本が答えた。

　言葉を交わしている間にエレベーターの扉が閉じてしまった。

「向こうのカフェで話そう」

　マイケルが誘う。

「いいのか？　乗ろうとしていたじゃないか」

「だいじょうぶだ。時間はある」

　二人は空いているテーブルを見つけて座ると、口を開く前にたがいの顔を眺め合った。

「奇遇だな。またダブリンに戻ったのか？」

マイケルが昔のままのざっくばらんな口調で訊いた。年月の隔たりを少しも感じさせない。

「いや、そうじゃないんだ。会社からは退職したよ。いまは自由な身さ」

奥本も同じ口調になった。

「あのエレベーターから出てきたのはどうしてだ？　合成生物学研究所に用があったのか？」

「息子の真を、覚えているかい？」

「もちろんさ」

「駐在を終えて家族で日本に帰国したが、真は子供時代を過ごしたアイルランドが好きでね、ダブリンの大学に進学することを選んだのさ」

「トリニティ・カレッジにか？」

「そうなんだ。いまは合成生物学研究所の研究員になっている。夏はいつも日本に一時帰国するのだが、今年は忙しいというのでこちらからやって来た。今日は研究所の中を見学させてもらったのさ」

「本当か？　そりゃ、ますます驚きだ」

マイケルが両手を上げ大柄の身体をのけぞらせた。

3

「実はな、俺も、シャノン社を退職したのさ。いまは同じ合成生物学研究所で働いているよ」

偶然の一致に、奥本も驚いた。

「もちろん研究者じゃなくて、研究所全体の機器や設備、それにＩＴを管理する仕事だが」

「君にピッタリの仕事じゃないか！」

マイケル・オサリバンはそうした業務に手腕を発揮する人物だった。シャノン社買収後の統合作業は、マイケルが相手でなければもっとゴタゴタしただろう。

「いや、俺のほうこそ、お前さんが相手で大助かりだったよ。こちらにうまく合わせてくれるタイプだったからな」

あれから十年以上が経つ——。二人ともしんみりとした気分になった。

「マコトはここで、どんな研究をしてるんだ？」

マイケルが質問した。

「人工細菌を使って有益な物質を生み出させる、とか言っていた。近く超高性能のコンピュータを使い始めるらしく、それで忙しいらしい」

「量子コンピュータのことか？」

「ああ、そう話していた」

「それこそな、まさに俺がいましている仕事さ。そういえば研究チームの一つに日本人らしい若い研究員がいるが、あれがマコトなのか？」

マイケルが顔を崩して笑った。

「いやはや、ケンの息子と仕事をすることになるとはな。今日にも会って、あいさつをしておくさ」

「こっちも、心強いよ」

奥本も笑顔を返した。

「ところで自由の身って、何もしてないのか？」

マイケルが話題を変える。

「帰国後に、妻が病死してね。退職したのはそれもあってだ。少しゆっくり考えてみたくなったのさ。古巣の大学に聴講で通っている。ちょうど夏休みでやって来た」

「しばらくいるのか？」

「ああ。ダブリンで気ままに過ごすつもりだよ」

「じゃあ、また時間を取って会おう」

マイケル・オサリバンが親しみを込めて言い、二人は再度握手をして別れた。

3

「父さん、何を食べようか？」

テーブルに着くやいなや、真がさっそくメニューを手にして眺めた。

奥本と真は、トリニティ・カレッジの正門前で待ち合わせてここにやって来た。歩行者天国でいつも賑わっているグラフトン通りから少し奥まった場所にあり、真が一人のときよく使う気に入りの店だ。長居しても嫌な顔をされず、気兼ねなくゆっくりできる。

「なんだ、空腹なのか？」

「うん、ハラペコだよ。今日は昼食を抜いてしまったからね」

「じゃあ、このグリルしたラム肉はどうだろう？　店の自慢と書いてある」

奥本の提案に真が一も二もなくうなずく。日本ではあまり肉料理を食べない奥本も、アイルランドでは不思議と口にできる。

食前酒に、二人が好きなギネスの黒ビールを注文した。

「今日、研究所の機器やＩＴを管理している責任者がね、僕にあいさつに来たよ。父さんと昔いっしょに仕事をしたと言っていた」

ギネスの最初の一口を飲んで、真が伝えた。

「マイケル・オサリバンだろう？　帰りのエレベーターの出口で偶然に会ったのさ。いまは真と同じ研究所で働いているというので、父さんもさすがに驚いたよ」

「そうだったの？　じゃあ、これからいろいろ助けてもらえるかな」

「ああ、マイケルは実に頼りになる。真の言っていた量子コンピュータがいまの仕事だと、そう話していた」

「その量子コンピュータだけど、父さん、また研究所においでよ。今日の午後にセットアップを始めたけど、とにかくすごいんだ」

真が興奮をあらわにした。

「計算速度がね、まるで違うんだよ。これまでも高性能のスーパーコンピュータを使っていたけど、それで何日間もかかっていたＤＮＡの解析が、たった数分で完了だよ。ポールはもうすっかり夢中さ」

「ＩＣＴ社からの支援のエンジニアも来たのかい？」

「うん。キャサリン・マクレガーという名前で、僕より一、二歳年上の女性のエンジニアだよ。女の子としてかなり魅力的だけど、本人は仕事で野心満々みたいだ」

「野心？」

「いまの仕事でキャリアを築きたいみたいだよ。量子コンピュータのソフトウェア・エンジニアって世界中で数がまったく足りないから、自分の持つスキルを武器にするのだって言ってた」

「………」

奥本は複雑な気持ちになった。真の話と自分の過去が重なったからだ。

「キャサリンがさっそく、ポールに量子コンピュータのプログラミングを教えようとしたけど、ポールはもう独力でマスターしていて、彼女も舌を巻いていたよ。二人ともやる気いっぱいで、僕にはありがたいけど――」

注文した料理が運ばれてきて、真の関心はそっちに移った。真っ先にボリューム満点のラム肉に食らいつく。

「ところで、アンネマリーとは会っているのかい？」

奥本も料理を口にして、訊いた。

「うん。彼女が帰国してから何度か会ったよ。研究所にも来て、京都で見つけたというシャムロックの種子を分けてもらった」

薬用植物園から得た遺伝子情報も、奥本から真に送っていた。

「使えそうなのか？」

「研究所の専門員に分析してもらったけど、どうやら期待できそうだよ。有効成分を抽出するのに、ＢＳＬ４施設にある実験室で栽培することにした」

「そうか、それはよかった」

「アンネマリーは、京都でどんなふうだったの？」

質問され、奥本は答えに窮した。

「それが……観光名所はどこにも案内しなかったのさ」

「初めてなのに？」

真も驚いて聞き返した。

「ああ。それでも満足していたようだがね」

話しても理解できないだろう。

「実は、明日、アンネマリーと会う約束をしている。真も加えて三人で夕食をと誘ったのだが、どうしても日中にしてくれと言われた。昼から半日ほど時間を空けるよう頼まれてね。どこかに連れて行こうとしているらしい」

「抵抗しがたいよね」

真がいつものセリフを口にして、またラム肉を頬張った。

4

アンネマリー・オブライエンはグラフトン通りに面したカフェのテーブルで、奥本賢を待った。真の紹介で初めてポール・ファレルに会ったときと同じ店だ。

夏の日中とはいえ、ダブリンではめったにない陽射しの強い日で、彼女は冷たいハーブティーを注文し喉を潤した。

やがて、奥本も店に到着した。約束の時間より十五分も前だが、アンネマリーがすでに来ていたので驚いた。

「待たせてしまったかな?」

「ううん。だって、まだ約束した時間より前よ。あたしが早く来てたの」

アンネマリーにじっと見つめられ、奥本の胸に再会した喜びが湧き上がった。

「無理に時間を取らせちゃった？」

「いや、そんなことないさ。ダブリンに来てのんびり過ごしているよ。時間はたっぷりある」

奥本がテーブルに着いたのを見て、ウェイトレスが注文を取りに来た。

「ギネス、飲んでもいいわよ」

アンネマリーがすかさず口にする。京都のマンションの冷蔵庫にギネスの黒ビールがあったのをしっかり覚えているのだ。

「いや、いまは遠慮しておくよ。これから出かけるんだろう？」

奥本はお決まりのブラックコーヒーを注文した。夏でも熱いコーヒーを選ぶ。

最初の一口を飲んだところで、アンネマリーが用件に入った。

「これのこと、あたし調べてみたの」

そう言って、いつもの白いTシャツの内側から緑のペンダントを取り出した。

「この波動方程式を発見した物理学者のシュレーディンガーという人ね、ダブリンにいたのよ」

「えっ？　彼はオーストリア人じゃないのかい？」

④

奥本はそう記憶していた。

「そうだけど、アイルランドに亡命したの」

「亡命?」

「うん。二十世紀に大きな戦争があったでしょう。あの時代よ」

第二次世界大戦のときだな、と奥本は頭の中で考えた。

「ダブリン高等研究所(Dublin Institute for Advanced Studies)というのがあってね、DIAS(ディアス)と呼ぶらしいけど、そこの教授をしてたの」

奥本がスマートフォンを取り出して検索すると、なるほどアンネマリーの言う通りだった。

物理学者エルヴィン・シュレーディンガーは、第二次世界大戦中の一九三九年にアイルランドに亡命し、翌一九四〇年にDIASの理論物理学教授に就任している。実に十六年間もその職にあったらしい。

「この緑のペンダントと……関係していそうだな」

奥本が口にした。

「でしょう? それで、あたしね、DIASを訪問して話を聞こうとアポを取ったの。いまからよ。日本からわざわざ調査に来た訪問者がいるって言ったら、相手も本気になってたわ」

アンネマリーがいたずら娘のような笑みを浮かべた。

二人は店を出て、ＤＩＡＳへと向かって歩いた。トリニティ・カレッジのキャンパスをぐるりと囲む通りに沿って進む。このあたりはダブリンの文教地区で、国立の図書館や美術館、歴史博物館や自然博物館などが集まっている。

大学正門と反対側のキャンパスの角に達すると、何のことはない、真のいる合成生物学研究所の建物のすぐ近くだった。さらに通りに沿って歩みを進めると、片側にレンガと石造りの建物が整然と並ぶ一画に出て、向かい側は緑豊かな広い公園になっている。

建築様式が同じ三、四階建ての並びの中に、目的のＤＩＡＳがあった。

アンネマリーが先になって入り、受付で訪問の約束を告げると、すぐに一人の年配の女性が部屋から姿を現した。いかにも事務職らしい飾り気のないグレーのスーツ姿で、庶務全般と広報を担当していると自己紹介をする。

「日本からいらしたのですか？」

奥本を見て、確かめるような眼差しで訊いた。

「ええ。ノーベル物理学賞を受賞したシュレーディンガー博士について調べています。博士が戦争中にアイルランドに亡命し、ここで教授をしていたと知って、そのあたりの

④

事情をくわしく伺いたくて」

あらかじめアンネマリーから言い含められていたので、奥本はそう伝えた。

「――では、こちらに、どうぞお入りください」

通路をはさんだ反対側の部屋へと奥本とアンネマリーは導かれた。

そこが訪問者用の部屋らしく、入ると広い室内に大きなテーブルがあり、それを囲んで椅子が置かれている。近い壁に書架が並び、そこには本だけでなく資料のような物も積まれていた。反対側の壁には額に入った古い写真がいくつも掛けられ、ちょっとした展示室のようにも見える。

窓のある奥の壁近くに、茶色い革張りのソファーが向き合う形で置かれ、長いほうのソファーに座るよう彼女が二人に勧めた。

「お話を……どう進めればよいでしょうか？」

短い一人用のソファーに腰を下ろして、彼女が尋ねた。

「具体的な質問をするだけの知識がありません。亡命することになった当時の事情や、経緯からまず、聞かせてもらえれば助かります」

アンネマリーが黙っているので、そう奥本が応じた。

「では、このＤＩＡＳが創立された経緯からお話しするのがよいでしょう。アイルランドが独立に至る歴史はご存じかしら？」

奥本は頭を横に振った。アイルランドに複数年間も暮らしていたのに、この国の歴史や文化をほとんど学ばなかったことに……いまになって気づいた。

担当の女性が話してくれたのは、次のような内容だった――。

ＤＩＡＳが創立されたのは、一九四〇年、第二次世界大戦が始まった翌年になる。当初、理論物理学とケルト言語学の二つの研究部門で始まり、少し遅れて宇宙物理学の部門が加わった。

ヨーロッパが大戦の真っただ中という時勢にこのような高等研究所が創立されたのは、当時のアイルランド国の首相エイモン・デ・ヴァレラの存在抜きには語れない。彼一人の熱意と尽力によるものだった、そう言っても過言ではないからだ。

大戦中、アイルランドは中立を守り通した。そのため戦火による直接の被災はなかったが、独立してまだ間がなく、国そのものが安定していたわけではなかった。

イギリスからの独立を目指す中で、一九一六年に、有名な「イースター蜂起」が急進派により決行される。ダブリンの中央郵便局前でアイルランド共和国の樹立が宣言され、イギリス軍と戦闘状態に入るが、蜂起は失敗に終わる。その後、独立戦争とアイルランド国内の内戦があり、まだ内戦が続く中の一九二二年、ようやくアイルランド自由国が成立した。

デ・ヴァレラ自身が、独立戦争に身を投じた革命家だった。イースター蜂起ではアイルランド義勇軍の大隊長として戦闘を指揮し、鎮圧され軍事裁判で一度は死刑を宣告されたが、終身刑に減刑となった。服役中に刑務所から脱獄し、その後に政治家として活動を始めた。

デ・ヴァレラは、一九三七年に憲法を成立させ首相に就任すると、アイルランドの国際的地位の向上に最大限の努力を払うようになった。

就任前の一九三〇年、アメリカでプリンストン高等研究所が創設され、アインシュタインを始め、多くの優れた科学者がナチス・ドイツを逃れてプリンストンに移った。デ・ヴァレラ首相は、同様の研究所をダブリンに創設し、学術分野でのアイルランドの国際的地位を上げようと考えた。理論物理学とケルト言語学の二部門としたのは、自身が数学を専攻していたこと、そして民族の言葉であるケルト語に深い関心を抱いていたからだった。自然と人文両科学のバランスを取る意味もあった。

当時、ノーベル賞を受賞し世界的に高名な物理学者のエルヴィン・シュレーディンガーが、オーストリアを併合したナチス・ドイツの圧迫を受けていた。それを知ったデ・ヴァレラ首相は、新設するＤＩＡＳに是が非でもシュレーディンガー博士を招聘しようと考えた。博士とひそかに連絡を取り、自らも秘密裡に亡命の手助けをして、博士夫妻をダブリンに呼び寄せることに成功した。

一九四〇年にＤＩＡＳが正式に創立されたとき、理論物理学部門の教授は主任として就任したシュレーディンガー博士ただ一人だった。しかし博士の尽力と貢献によりＤＩＡＳは急速に発展し、ヨーロッパ全体が戦争の中という厳しい状況でも、理論物理学の世界的な中心の一つとなっていった――。

「あちらの壁に、当時の様子が分かる写真があります」

担当の女性は話し終えると、壁に掛けられた一枚の写真の前に、奥本とアンネマリーを誘った。

「この写真は、一九四二年にＤＩＡＳが主催した第一回コロキアムのときのものです。コロキアムはシュレーディンガー博士の発案によるもので、外国から著名な講演者を招待して行う、ＤＩＡＳの主要な行事です。記念すべき第一回のコロキアムにはデ・ヴァレラ首相も参加して、自らも講演を聴きました」

奥本が写真に顔を近づけると、五十名ほどの人物が五列に並んで写っていた。

「最前列の中央に着席しているのが、デ・ヴァレラ首相です。その左側三人目にシュレーディンガー博士がいます」

古い写真で表情の細部までは判別できないが、奥本には、博士が誇らしそうな様子に見えた。

「――それと、首相の右隣に座っているのが、このときにイギリスから招待講演者として招かれた、ポール・ディラック博士です」

奥本とアンネマリーは顔を見合わせた。二人の博士がＤＩＡＳにあるこの写真にいっしょに写っている――。

「二人は、特別な関係だったのかしら？」

アンネマリーが初めて口を開いて質問した。

「いっしょに、一九三三年のノーベル物理学賞を受賞しています。どちらも量子力学に不滅の業績を残した天才物理学者です」

担当の女性がやや高ぶった口調で述べた。広報担当として物理学についての一般的知識も持っているのだろう。

「個人的にも親密だったようです。当時、ディラック博士はケンブリッジ大学の教授でしたが、シュレーディンガー博士がＤＩＡＳに移るよう説得を試みました。でも成功しませんでした。ケンブリッジで充分な名誉と処遇を受けていたからでしょう」

「………」

アンネマリーが求める答えにはならなかった。彼女は首に掛けているペンダントを取り出して、相手の前に差し出した。

「これが何か？」

担当の女性が戸惑いを見せる。

「ここに――」

アンネマリーが表面の銘板を指で示す。

「その小さな銘板に、シュレーディンガーの波動方程式が刻まれているのです。ご存じでしょうが、シュレーディンガー博士による量子力学のもっとも有名な方程式です」

うまく説明できないでいるアンネマリーに代わって、奥本が答えた。

担当の女性の表情が変わり、不思議なものをのぞき込むように銘板に視線を向けた。

「それと、これとまったく同じペンダントが、もう一つあるの。そっちの銘板には――」

アンネマリーが奥本にまた助けを求める。

「ディラック方程式という、量子力学のやはり有名な方程式が刻まれています」

担当の女性がさらに不思議そうな表情になった。

「そうなの。この緑のペンダントについて、何か知らないかしら？」

4

アンネマリーが真剣な面持ちで尋ねた。

「どうも……私には思い当たることがありません」

しばらく考え込む様子を見せたあと、担当の女性が顔に疑問の色を残したまま答えた。

「DIASのその、第一回コロキアムの記念に作られた、とは考えられませんか？」

奥本が質問した。

「それはないと思います」

担当の女性が今度は迷いなく答える。

「ずっと以前ですが、DIASの古い文書や資料をすべて電子化して、デジタルの記録媒体に移したのです。第一回コロキアムの資料もありました。経費や支出の記録も含まれていて、その中にペンダントを作ったような項目はありませんでした。私自身が作業をしたので間違いないと思います。なんなら、もう一度確認しますが」

奥本はその必要はないと断った。

「それに記念品であれば、ペンダントのような装飾品は選ばないと思います」

もっともだと奥本も感じ、三人はしばらく壁の写真の前で沈黙した。

「日本から……いらしたのですね？」

担当の女性がおもむろに口を開き、奥本にもう一度確かめた。

「お尋ねの件と関係があるようには思えませんけれど……お見せしたい一枚の写真があります」

「写真？　やはり当時のものですか？」

奥本が聞き返した。

「ええ。ＤＩＡＳの過去の資料を電子化する作業の中で偶然に見つけたものです。ですが個人的な写真のようなので、そのまま残しておきました」

アンネマリーが表情を変え、女性を注視した。

「口で説明するより、お見せしたほうが早いでしょう」

いっしょについて来るようにと彼女が二人に言った。

部屋を出ると、担当の女性が先になって廊下を奥に向かって進み、突き当たりにあるスチールの扉の前に立った。

「ここが、資料を保管していた部屋でした」

導かれて中に入ると、ひどく殺風景でガランとしていた。保存されていた資料をすべて電子化したので、もとの文書は外部の倉庫に移したのだという。

側面の壁際に古びた木製の机がポツンと一つ置かれている。担当の女性が近づいて中央の引き出しを開け、中にあった封筒から一枚の写真を取り出した。

4

「この写真です」

自分で一度確かめてから、彼女が奥本に手渡した。かなり古い白黒の写真で、全体がセピア色に変色している。

一人の長身の男性と、その横に少し離れて一人の女性が、ともに椅子に着座して写っていた。二人の間に三歳ぐらいの女の子が立ち、女性はさらに赤ん坊を膝の上に両腕で抱いている。

奥本が意外だと感じたのは、女性が明らかに東洋系なことだった。日本人だろうか？男性の年齢は六十歳ぐらいと思われ、三つ揃いのスーツ姿にネクタイを締めている。女性はずっと若く三十歳ぐらいに見え、白のロングドレス姿だ。子供たちも含めて全員が正装をしていることから、意図して撮られた写真なのだろう。

一見すると家族の記念写真のようで、奥本はあることに気づいた。

「この男性は――」

奥本はよく眺めてみた。広い額の知的な顔立ちで口を横一文字に閉じ、丸縁の眼鏡をかけた目がまっすぐにこちらを見ている。

「お気づきになりましたか？　そうなのです。先ほどの写真に写っていたデ・ヴァレラ首相です」

担当の女性が小さくうなずいた。

「横にいるこの女性は誰です？　日本人ですか？」

「それが――、国籍も誰かも不明なのです。手がかりとなる物が何も残されていません」

奥本は写真を裏返した。名前も日付も書かれていない。

「そもそも、この女性がデ・ヴァレラ首相とどのような関係だったのか、それがまったく分からないのです」

奥本はあらためて写真の女性を眺めた。ほっそりとした身体つきに細面の整った顔立ちをしている。美しさよりも知的な印象をまず受け、眼差しに意志の強さが感じられる。

ふと、奥本は不謹慎な想像をしてしまった。

「デ・ヴァレラ首相は愛妻家として有名でした――」

奥本の顔に浮かんだ困惑を見て取って、担当の女性がやんわりと諭した。

「ご夫妻はアイルランド独立運動をともにする中で結婚し、お二人とも九十歳を超えるまで長生きされて、同じ年に亡くなられたのですよ」

「ケン。写真を貸してくれる？」

さっきから会話を聞いていたアンネマリーが声をかけた。

4

奥本が手渡すと、スマートフォンを取り出して写真の女性に上からかざした。

「古い写真で顔の輪郭がぼやけてるけど、日本人の確率が断然高くて、五十パーセントを超えてる。二番目がタイ人で、十三パーセントよ」

顔の画像認識による人種の判定結果だ。

「この写真は、ここにあったのですか？」

奥本が質問を変えた。

「ええ。いまと同じように封筒に入って、この古い机の引き出しの中に置かれていたのです。個人的な写真らしいのでＤＩＡＳの記録として残すわけにいきませんし、かといってデ・ヴァレラ首相が写っている以上、勝手に処分することもできません。仕方なくそのままにしておいたのです」

担当の女性があらためて途方に暮れた表情を浮かべた。

「……………」

奥本とアンネマリーにも、それ以上の質問のしようがない。女性からのこれまでの説明で収穫もあったことから、今回の調査はそこまでにして、ていねいに礼を述べてＤＩＡＳをあとにした。

二人はグラフトン通りのさっきのカフェに戻った。強い陽射しの中を歩いてどちらも喉が渇いたので、アンネマリーがまた冷たいハーブティーを注文し、奥本は今度は遠慮なくギネスをもらうことにした。

「シュレーディンガー博士の招きで、物理学者のディラックがＤＩＡＳに来たのだと分かった。二人に個人的な親交もあったのなら、ペンダントはやはりその折に作られたのだろう」

奥本が考えを述べたが、アンネマリーはまったく納得していない。

「それをどうして、あたしとポールが持っているの？」

そうだった、と奥本も気づいた。そもそもの謎をうっかり忘れていた。

「ポールのペンダントに方程式のあるディラック博士も、同じポールという名前よね」

アンネマリーは別のことを考えている。

「ああ。でも、ポールという名前はよくあるから、めずらしいことじゃない」

するとアンネマリーが、奥本の眼をのぞき込むように見た。

「あのね、あたし調べたの。こっちのペンダントのシュレーディンガー博士の奥さん、アンネマリーという名前なんだよ」

「――」

今度は奥本のほうが、アンネマリーを凝視した。

過去－1（一九四〇年）

船首に近い出口からデッキに立ち、佐久間章子は船の進む方向へ視線を合わせた。早朝のまだ煙るような視界の中、水平線上に姿を見せたダブリンの港の影がしだいに近づいてくる。それをじっと眺めた。

ドックらしき大きな建造物のまわりに煙突や鉄塔が立ち並んでいるのが分かる。その間から貨車の引き込み線が延びていく先に、街並みがぼんやりと浮かび上がっていた。

リヴァプールからの夜の船旅は順調そのものだった。風も波も穏やかで船酔いもせず幸先がよいと感じたが、その一方で、これからの日々はそんなふうには行かないだろうと気を引き締めた。

ダブリンは初めての土地だが、異国に来たという感じはあまりしない。その点の不安はないが、生活をまた一から始める苦労は容易に想像でき、あらためてこれまでのことを振り返った。

佐久間章子は一九〇九年に、日本の神戸で生まれた。

実家は、祖父の代から海外との貿易を営む商家だった。父は家業でいつも忙しく、中国さらにはヨーロッパにまで、年に何度も外国に出向いていた。

海外に開かれた神戸という土地柄と世界を相手にしていた父親の存在が、章子のその後の人生に大きく影響した。日本の旧来の考えや慣習に縛られることなく、周囲からも稀な環境で育てられたのだ。

当時の日本は大正デモクラシーとのちに呼ばれるようになった時代と重なる。女性にも高等教育を求める時代風潮の中で、章子も、神戸にあったキリスト教系の女学院に入学し卒業まで通して学んだ。教養ある自立した女性の育成を謳い、広い視野と的確な判断力を養うと同時に、職業婦人としての専門知識を得ることに力点が置かれていた。加えて、章子の将来を決定づけたのが高い英語能力を身につけたことだった。西洋とりわけヨーロッパに、しだいに強い憧れを抱くようになった。

大学卒業と同時に、章子は日本を出てヨーロッパに行くことを決めた。日本で職業にも就かず家庭の主婦となって生涯を送るなどという考えは、毛頭なかった。家業の貿易商会は一人いる兄が継ぐことになっている。時勢上も、卒業した年に満州事変が起き、自由を求めた大正デモクラシーが終わりを告げようとしていた。章子の父親もそうした時代の暗い影を予感していたのか、娘の渡欧に反対しなかった。

仕事でヨーロッパに出向く父親と同じ船に乗り、章子はイギリスへと渡った。

最初の数年間をロンドンで過ごしたが、その後リヴァプールに移り、日本との交易品も扱う貿易会社に職を得て生計を立てるようになった。仕事は事務や経理といったことで、英語力に問題がなく会社からはむしろ重宝された。生まれ育ったのが神戸なので、金融業が中心のロンドンよりも、貿易業が盛んな港町のリヴァプールのほうが肌に合った。

リヴァプールでの生活が五年を過ぎたころには、生活も安定し、日本に帰ろうという考えは章子の頭からすっかり消えていた。さまざまな国の文化と人々が交錯するヨーロッパに自分の力で生きていることに、ほかに代えがたい心底からの充実を感じていた。ところが――、佐久間章子という個人の力ではどうにもならない、国際情勢の激変がヨーロッパで起きた。一九三九年にヒトラーがポーランドに侵攻し、第二次世界大戦が始まったのだ。

イギリスがフランスとともにドイツと開戦し、日本との関係も悪化の一途をたどるようになった。章子はそれでも日本に帰りたいとは、露ほども思わなかった。

幸いだったのは、章子がリヴァプールにある日本領事館の領事夫人と、個人的な親交を持つようになっていたことだ。領事夫人といっても年齢が五歳ほど違うだけで、話がよく合った。一人で生活している日本人女性などほかになく、夫人は何かと親切にしてくれた。

その領事夫人から、章子は、アイルランドのダブリンに移ることを勧められた。

ほんの二ヶ月ほど前のことで、国際情勢がますます悪化する中で最悪の場合に備え、領事館の業務を中立国のアイルランドに移すのだという。イギリスで日本人が暮らし続けることも困難になるので、いっしょに移ってはどうかと申し出てくれたのだ。

章子は勧めに従おうと決めた。そうした雰囲気を自身でも感じていたからだ。働いている貿易会社で敵性国の人間という目で見られるようになっていた。章子の働きぶりに不満はないとしても、別の女性を雇えば置き換えられる仕事だった。

アイルランドに行ったことはなかったが、ダブリンはアイリッシュ海をはさんでリヴァプールの対岸に位置している。船の定期便も行き交い遠いという感じはなかった。ある程度の蓄えもあったので、新天地での当面の生活ならどうにかなるだろうと考えた。

領事夫妻が一名の領事館員を伴い一足先にダブリンへ赴いて間を置かず、章子も会社に退職願を出して身辺の整理を済ませ、リヴァプールを離れたのだった——。

船がダブリンの港に到着するのと合わせたように、背後の水平線上に太陽が姿を見せ、朝靄が払われて港全体がくっきりと姿を現した。

章子は船室へ戻ると荷物を確かめて下船し、新天地での第一歩を踏み出した。

先に来ていた領事夫人があらかじめ章子のために、女性用のアパートを借りる手配をしてくれていた。契約を済ませ市内の住居に落ち着くと、新たに職が見つかるまでの期間、領事館開設の準備で夫妻の手助けをすることになった。

領事館といっても立派な建物があるわけではなく、一軒の民家を借りてそこに開設するのだった。普通の家屋に「日本領事館」の表札を掲げるようなものだ。

どうにか落ち着いたところで、領事館をダブリンに移すことになった経緯を領事夫人が語ってくれた。

アイルランドが国として独立したのはほんの三十年ほど前のことだった。イギリスからの独立を目指した戦争や、その後の内戦を経て、当初はアイルランド自由国というイギリス連邦内の自治領の形を取り、国の元首もイギリス国王だった。その後、共和主義者のエイモン・デ・ヴァレラが首相となり、新しい憲法を採用してイギリス王室への忠誠義務をなくし、アイルランド人の大統領が国家元首となった。まだイギリス連邦内に留まってはいたが、アイルランドは事実上の共和国となった。

――そこまでの話でも、佐久間章子には驚きだった。日本を出るまでアイルランドはイギリスと兄弟のような国だと思っていたのだ。その程度の知識だったが、リヴァプールに来てさすがに見方が変わった。多くのアイルランド系住民が暮らし、彼らのほとんどが労働者で、イギリスに対し強い敵対感情を抱いていた。

領事夫人によると、第二次世界大戦が始まるとデ・ヴァレラ首相はただちにアイルランドの中立を宣言した。国民の強い反イギリス感情を考慮したこともあるが、それよりも、アイルランドが真に独立した国家であることを世界に示すためだったという。イギリスの首相チャーチルが連合国側に加わって参戦するよう強い圧力をかけても、デ・ヴァレラ首相の立場は揺らがなかった。日本領事館をリヴァプールから移転することになったのも、アイルランドの国家としての地位を上げるため日本の在外公館をダブリンに置いてもらえないかという、デ・ヴァレラ首相の要請によるものだった。

そのような経緯もあってか、デ・ヴァレラ首相は領事館開設への支援を惜しまなかった。正式な開設の前から領事夫妻との面会に訪れ、そうした折に章子も首相との面識を得た。

領事館が無事に開設されても、章子はいまだ職に就くことができなかった。中立国のアイルランドでも戦争の影響は大きく、経済が疲弊を余儀なくされていた。領事夫妻の好意で臨時職員のような形で手助けを続けていたが、いつまでもそうしてはいられなかった。大戦下での業務は館員が一人いれば充分だった。

すると、領事夫人を介して思いも寄らぬ申し出があった。デ・ヴァレラ首相から章子への仕事の打診があったというのだ。日本領事館での仕事ぶりに感心したからだという。デ・ヴァレラ首相はアイルランド国立大学の総長職も務めていた。その職務の流れで、十年ほど前にアメリカの大学に創設された世界的な高等研究所をモデルに、ダブリンにも同様の学術研究所を創設するべく熱心に取り組んでいた。少し前に、そのための法案が議会を通り、首相の念願がようやく果たされたのだった。

ただ、実際の準備はこれからという状況で、職員もほとんど決まっていなかった。正規の職員が揃うまでの準備の仕事をしてほしい、というのがデ・ヴァレラ首相からの申し出だった。たとえ臨時でも職員はアイルランド人を雇わなければならず、苦肉の策として日本領事館からの派遣の形にするという。

章子には、それでもありがたい話だった。たとえ一年あるいは半年でも、自分で仕事を見つけるまでのつなぎになる。不安だったのは、学術研究所での仕事が自分にできるだろうかということだった。それを領事夫人に伝えると、驚いたことにデ・ヴァレラ首相が面談までしてくれることになった。

章子は首相との面会に高等研究所となる予定の建物まで出向いた。メリオン広場という美しいバラ園を持つ大きな公園に、通りをはさんで面した場所にあった。

正面入口の扉の前に立って、章子はさすがに恐れるような気持ちになった。心を奮い立たせて中に入ると、すぐに係の女性がデ・ヴァレラ首相のいる三階の部屋へと案内してくれた。

会議室らしい広い部屋に長身の首相が一人で窓辺に立ち、外の広場へと視線を向けていた。その様子に、待ってもらっていたのかと章子はひどく恐縮した。

「いや、そうではない。いつもなら近くの官邸で執務をしているが、今日はここで会議があるので出向いてきた。まだ少し時間がある」

詫びの言葉を口にした章子に、デ・ヴァレラ首相がそう応じた。近くのソファーに座るよう促し、小さな丸テーブルをはさんで首相も向かいのソファーに腰を下ろした。

「あなたに、申し出を受けてもらえるとありがたい。正規の職員が決まるまでの臨時の仕事で、不本意とは思うが」

「いいえ、感謝の言葉もありません。職探しが思っていたよりも大変で、これからどうしようか途方に暮れていたところでした。つなぎの仕事にできます。ただ――」

章子は言いかけて黙った。

「何かね？」

「一般の会社の事務系の仕事なら自信がありますが、こうした学術研究所での経験がありません。うまくできるか心配しています」

章子が正直に伝えると、デ・ヴァレラ首相が笑みを浮かべた。

「心配はいらない。あなたが研究をするわけではないのだから。やってもらいたいことは運営に関わる事務や経理の仕事で、充分にできるはずだ」

穏やかな首相の口調に、章子は心の重荷が軽くなるのを覚えた。

「ＤＩＡＳには、二つの研究部門を置くことになっている。理論物理学とケルトの言語学だが、ケルトの言語学ではあなたもやりづらいだろうから、理論物理学の部門を担当してもらおうと考えている」

章子にとってはどちらも遠い学問の世界だった。ただ具体的な説明を聞いたことで、やっていける気がした。

「ところで、リフィー川の対岸に足を運んだことがあるかね？」

デ・ヴァレラ首相が懐中時計を手に取り時間を確かめると、話題を変えて質問した。まだ少し会話を続けられるようだった。

「一度だけですが、橋を渡ってオコンネル通りの先まで歩いたことがあります」

オコンネル通りはダブリンの中心にある大通りだ。カトリック教徒をプロテスタントの支配から解放するのに功績のあった偉人が名前の由来になっている。

「通りに面して、中央郵便局の大きな建物があるだろう。一九一六年のイースター明けの月曜日にその前で、義勇軍の指導者たちがアイルランド共和国宣言を読み上げ署名した。イギリスからの独立を目指して武装蜂起したのだ。イギリス軍と市街戦に突入し、私も旅団の司令官として戦った」

大きな黒い丸縁眼鏡の奥の首相の眼に強い光が浮かんだ。

「だが、蜂起はすぐに鎮圧された。指導者たちはイギリス軍の軍法会議にかけられて次々に処刑され、私にも死刑の宣告が下された」

「――」

章子は驚いて言葉が出なかった。

「その後に、終身刑に減刑され、どうにか命は保ったのだよ。その時に私はあらためて誓ったのだ。アイルランドを完全に独立した共和国とすることに生涯を捧げようと」

デ・ヴァレラ首相が窓外のメリオン広場へまた視線を向けた。

「だが、アイルランドがそうなるためには政治や軍事だけでは充分ではない。民族の根底にある精神と文化を守り、国民の知性を高めなければならない。ＤＩＡＳにケルト言語学と理論物理学の二つの部門を置くのは、そのためなのだよ」

小国の単なる見栄などではないのだと章子は理解した。

「あなたは、ウィリアム・ローワン・ハミルトンという科学者を知っているだろうか？」

「いいえ、存じません」

「日本人なのだから無理もない」

正直に答えた章子に、首相が軽く笑みを浮かべて応じた。

「ハミルトンはアイルランドが生んだ、もっとも偉大な数学者であり物理学者だ。アイルランドの科学界でハミルトンの名を知らない者はいない。数学を専攻した私にとってもハミルトンは英雄だ。あなたは英文学を学んだというなら、詩人のワーズワースを知っているだろう。彼はハミルトンの親友だった。ハミルトンを彼が出会ったもっとも魅力ある人物だと評している」

章子は興味を覚えて耳を傾けた。

「このＤＩＡＳを創設したことで、ハミルトンのような科学の世界の偉大な人物を、アイルランドからもっと輩出させたい」

デ・ヴァレラ首相がそう述べて、章子を見つめた。

「さて、そろそろ会議が始まるので私は行かねばならないが、最後にもう一人、あなたに会わせたい人物がいる」

章子には予想外だった。

「物理学部門の教授はまだ一人だけなのだが、ＤＩＡＳにとってこの上ない人物を主任教授として迎えることができた。エルヴィン・シュレーディンガー博士を知っているかね？」

「いいえ」

章子はまたしても、首を横に振るだけだった。

「シュレーディンガー博士は、現代で最高の理論物理学者の一人だ。ノーベル物理学賞も受賞している。オーストリア人だが、ナチスの不興を買って窮地に立たされていた。そこで私が自ら申し出て、アイルランドに亡命をすすめ、ＤＩＡＳの主任教授に就任してもらったのだよ」

その本人にこれから会うのだという。章子の心臓がたちまち早鐘を打ち始めた。

デ・ヴァレラ首相が先に立ち、章子は博士の部屋へと連れて行かれた。

首相が部屋のドアをノックすると、中からやや不明瞭な返事が聞こえた。

「シュレーディンガー博士、首相のデ・ヴァレラです。博士の部門で働いてもらう女性を連れて来ました。よければ紹介しておきたい」

デ・ヴァレラ首相がドアを開き、中に向かって声をかけた。

「――これは、デ・ヴァレラ首相。わざわざご足労とはかたじけない」

首相が手招きをして、章子も部屋に入った。

「こちらで評議会設立の準備会議があるので、官邸から出向いたのですよ。それに合わせて彼女に来てもらいました」

広い室内の壁一面に書架が並んでいる。奥の暖炉を背にして大きな机があり、シュレーディンガー博士がそこでパイプの掃除をしていた。手にしていたパイプを置いて立ち上がると、近づいた首相と握手を交わした。

「彼女は日本の領事館で働いているのだが、正規の職員が決まるまでＤＩＡＳの仕事をしてもらうことになっている。とても有能な女性ですよ」

デ・ヴァレラ首相が紹介し、章子にも眼で促した。

「アキコ・サクマと申します。お役に立てれば幸いです」

シュレーディンガー博士がじっと見定めるように章子を見すえた。顔の半分ほどもある広い額を持ち、それだけで尋常ではない知力の持ち主なのだと分かる。章子が日本人だとすでに聞いていたのか、意外そうな様子は見えない。

しばらく沈黙があった――。

博士の丸縁の眼鏡のレンズの度がひどく強いのか、大きな青い目に冷たくにらみつけられているように、章子は感じた。

「エルヴィン・シュレーディンガーだ」

博士が短く口にした。

それが、物理学者エルヴィン・シュレーディンガーと佐久間章子の初めての出会いだった。

5

アンネマリー・オブライエンとＤＩＡＳを訪問した数日後、奥本賢はふたたび合成生物学研究所に足を運んだ。

新たに導入されたという量子コンピュータを真に勧められて見るのと、前回偶然に再会したマイケル・オサリバンに会うためだった。マイケルは研究所の上階にオフィスを持っている。

専用エレベーターの二階の出口で、真が待っていてくれた。

「かなり大きいのかい？」

ＡＩの顔認証によるセキュリティー扉をいっしょに通過し、中に入ったところで奥本が質問した。ボストンで創薬プロジェクトに携わっていた当時の、スーパーコンピュータのイメージが頭にある。

するとと、真がキョトンとした顔を見せた。

「いや。父さん、違うよ。ここに量子コンピュータは置かれていないよ」

「――?」

奥本の誤解に気づいて、真が説明する。

「本体は、アメリカのICT社にあるんだよ。研究所のプロジェクトは僕らのチームも含めて、みなリモートで使うんだ。クラウドって知っているよね?」

そういうことか、と奥本は了解した。実物が見られるものと勝手に期待をしていた。

「ICT社から支援に来たキャサリンが、それも説明してくれるよ」

二人は前回と同じく、チームのセクション・ルームに足を運んだ。

「キャサリン、邪魔してゴメンよ。僕の父さんがね、量子コンピュータを使っているところを見たくて来たんだ」

「あら、そうなの? 私、キャサリン・マクレガーよ。お会いできてうれしいわ」

メンバーと熱心に話し合っていた若い女性が振り返って、奥本にあいさつをした。いかにもアメリカ人らしく快活で頭の回転が速そうだ。

奥本は、意図せずに一瞬よみがえった過去の記憶を頭の隅に戻し、言葉を返した。

「父さんはね、量子コンピュータがこの研究所にあると思っていたみたいだ」

すると、キャサリンがニッコリと笑みを浮かべる。

「政府が禁止していて、最新鋭の量子コンピュータの国外設置ができないの。本体はアメリカ本国にあって、ユーザーはみなクラウド経由で利用するのよ」

先端技術の流出を防止するためだろう、と奥本は考えた。

「――それに、超高速で大容量のデータ通信を使えば、ここに設置する必要は少しもないわ。ＩＣＴ社がそのために大西洋上に専用の静止通信衛星を運用しているの」

キャサリンがそう補足する。

彼女の説明によれば、量子コンピュータの本体はボストンに設置されていて、彼女が所属するＩＣＴ社のソフトウェア研究所も同じ場所にあるという。

「クラウドで利用するユーザーのアプリケーションはみな、複雑で難度の高いオンリーワンのものばかりよ。それを技術面で支援するのが、私の仕事なの」

「――」

あまりの偶然の一致に、奥本は驚いた。キャサリンの誇らしそうな表情に、さっき頭の隅に戻した記憶がまたしてもよみがえる。

「ユーザーの数はどのくらいあるの？」

真が質問した。

「現在カバーしているのは、そうね、約一千かしら」

「一千も！　そんなに多くのユーザーが同時に複雑な使い方をして、何も問題が起きないのかな？」

真が驚きの声を上げる。

「まったく問題ないわ。それでも能力の十パーセント程度しか使っていないのよ」

「マコト、仮想化技術を使うんだよ」

ポール・ファレルが横から口を入れる。

「仮想化技術？」

「うん。ユーザーごとにカスタマイズした仮想のコンピュータ環境を作って、あたかも自分専用に使っているようにするんだ。そうした仮想コンピュータを一台の実機上で、一度に何十万も動かせるんだよ。この研究所の複数のプロジェクトで同時に使えるのも、その仕組みがあるからさ」

ふだんは言葉少ないポールがいつになく冗舌になっている。

「君たちの研究では、どう使っているのだい？」

5

奥本は、実際に使用しているのを見たいと思った。

「じゃあ、これまでのスーパーコンピュータと比較して、父さんに見てもらおう」

真に促されて、ポールがスクリーン端末に向かった。画面上のボタンに慣れた様子でタッチし、指で操作を行う。

画面が左右二つに分かれ、二重らせん構造をしたDNAの同じ立体画像が両方に現れる。

「父さん。左が量子コンピュータで、右がいま使っているスーパーコンピュータだよ。このDNAを同時にスキャンして、遺伝情報を解析してみる」

真が奥本に教えた。

「使っているのはね、この研究所が独自に開発したAIで、DNA合成の設計を支援するためのものだよ。それを使って遺伝情報の解析や、DNA部品を合成した結果のシミュレーションを行う。ポールとキャサリンが量子コンピュータ上に移植しているところだよ」

真の合図で、ポールがAIプログラムをスタートさせた。画面上のDNAの鎖が流れるように動き始める。

左右の速さがまるで違うことが、奥本にも分かった。左の量子コンピュータはあっという間に処理を終えて結果を表示したが、右はまだ鎖が流れ続けている。

「千倍以上も速くなってる！　チューンアップすればもっと速くなるよ」

ポールが声に出してキャサリンを見上げると、彼女がニッコリと笑って応えた。

「ポール。ＤＮＡの合成も見せてくれるかな？　父さんが分かるように、今度は音声操作でね」

真がそう求める。

「ソノタメニハ、量子こんぴゅーたＡＩニ、名前ヲ、付ケナクテハ」

トイヴォが背後から真に告げた。

「うん、そうだね。どんなニックネームがいいだろう？」

「それなら絶対に、ハミルトンだ！　アイルランドの数学の英雄だよ」

ポールが間髪をいれず叫んだ。

ハミルトンのことは奥本もアイルランドで暮らしている間に知った。文芸の世界で多くの偉人を輩出しているアイルランドだが、科学においてはそうでもない。ハミルトンだけは別格の存在で、イギリスへの対抗心が強いアイルランドの人々は、ニュートンの名前が出るとハミルトンの名前を挙げて、自尊心を大いに満足させる。

満場一致、チームの誰も異存がなかった。

5

さっそく、ポールがスクリーン端末で名前をセットする。

「これで、最初にハミルトンと呼びかければ、すべて声で操作できる」

「――だが、それでは誰もが使えてしまうのではないのかい？」

奥本が疑問をはさんだ。

「父さん、だいじょうぶさ。許可された人間だけが声を登録していて、本人かどうか認識するんだ。チームのメンバーはみな登録している」

試すよう促されて、奥本がスクリーンに向かってハミルトンと呼びかけたが、なるほど何の反応もない。

「ハミルトン。人工ＤＮＡ部品の三十七番を表示して」

ポールが呼びかけると、今度は瞬時に立体画像が表示された。

「ハミルトン。ここに人工ＤＮＡ部品の五十一番を挿入して」

画面上のＤＮＡの一点をポールが指でタップし声を上げると、たちまち合成されたＤＮＡの画像が現れる。

「ハミルトン。合成されたＤＮＡの新しい機能を予測して」

さっきと同じく、ＤＮＡの鎖が高速で流れ始めたと思うと、結果がすぐにポップアップで表示された。

「とてつもなく速いよ!」

ポールが眼を輝かせる。量子コンピュータにすっかり夢中だ。

いやはや異次元の世界だな、と奥本も舌を巻いた。

ボストンで創薬プロジェクトに携わっていた当時も、あのころとしては最高性能のスーパーコンピュータを導入した。パートナーだったICT社の女性エンジニアが、新薬候補のタンパク質の解析をたった一週間で成し遂げた、と奥本にひどく誇らしそうに語った。

パトリシア・ハート……記憶の中の顔が、奥本の頭に浮かんだ。

チームのランチの時間になり、奥本も、マイケル・オサリバンと会う前にいっしょに食事をすることにした。

「父さん、テンプル・バーにアンネマリーの働いてる店があるんだ。午後にはすぐの予定がないから、一階のカフェテリアはやめて、そこにみんなで行こうよ」

真が提案した。

「働いてる?」

「うん。学費稼ぎのアルバイトで夏休み中は稼ぎ時らしいよ。京都に旅行してお金を使ったから、と言っていた」

5

無銭旅行のバックパッカー同然だったのに……と奥本は苦笑した。学生の身分で旅費の工面だけでも大変だったのだろう。

ロボットのトイヴォも行くという。いったい何を食べるのだろうか？

真がスマートフォンでアンネマリーと連絡を取った。大勢でいまから行ってもいいか確認すると、ＯＫだという。

テンプル・バーまでは十五分ほど歩くことになる。

店はレストランとパブの両方を運営していて、アンネマリーが働いているのはレストランのほうだ。全員でガヤガヤ入っていくと、彼女が奥に広いテーブル席を確保しておいてくれた。

「ケン。この間は、ＤＩＡＳにいっしょに行ってくれて、ありがとうね。あたし助かったよ」

アンネマリーが奥本に言葉をかける。

「お礼などいいさ。それに、なかなかに興味深かったよ」

奥本は、あの場で見せられた一枚の古い写真を思い返した。そこに写っていた女性が誰か不明のままだ。

食事が始まると、みながいっせいにボリューム満点の料理に飛びつき、若者らしい旺盛な食欲を見せた。食の細そうなポールもなかなかの健啖家ぶりだ。

奥本の隣で、トイヴォだけがおとなしくグラスの水を口に運んでいる。人工の身体のどこに入っていくのか不思議な思いで眺めていると、トイヴォ自身が教えてくれた。

「コノ水ハ、内部ノ半導体ちっぷヤ、手足ヲ動カスもーたーヲ、冷ヤスノニ使イマス。最後ハ水蒸気ニシテ、背中ノ小サナ穴カラ排出シマス」

座の会話に合わせて、トイヴォは英語で話した。

「くらうど型ナノデ、電力ハアマリ、消費シマセン。発熱モ少ナイデス」

こうして会話していると、はるか海を越えたエストニアのサーバーにあるAIプログラムで動いているとは、どうにも信じるのが難しい。

「キャサリン。君は、ボストンから来たと言っていたね。実はずっと以前、ボストンで暮らしていたことがあるのだよ」

奥本が、今度は反対側の隣の席にいるキャサリンに話しかけた。

「本当に？」

「まだ若かったころ、二年間ほど仕事でね」

「あら、マコトのダッド、いまでも若々しいわよ」

キャサリンがそう口にしたので、奥本は思わず照れてしまった。

◇5

「父さん、その話を……僕は聞いたことがないよ」

テーブルの向こう側から真が声を上げる。

「結婚する前のことなので、真に話していなかったのさ」

「どんな仕事で？」

キャサリンが尋ねた。

「日本の製薬会社の研究員として、ボストンに駐在していた。スーパーコンピュータを世界で初めて、創薬に応用するプロジェクトでね。さっき、あまりの偶然に驚いたが、やはりＩＣＴ社との共同で、それこそ君が所属しているソフトウェア研究所と仕事をしたのだよ」

「まるで……同じことが繰り返されているみたいだわ」

キャサリンが奥本と真を交互に見る。

「マコトのダッドは、どのくらいダブリンにいるの？」

キャサリンが質問を変えた。

「まだ当分、いるつもりだよ」

「実はね、もうすぐ私のモム（母親）がボストンからやって来るのよ」

うれしそうに声を上げて彼女が教える。

「私がダブリンに半年間いることになったので、モムも、夏休みを利用して来ることにしたの。来たら、紹介するわね」

「じゃあ、この店でまた歓迎会をしよう」

真がさっそく提案した。

にぎやかな食事を終え、一行は立ち上がった。

「ケン、ちょっといい？」

アンネマリーが、奥本が離れる前に声をかけた。

「今度ね、ドロヘダにいっしょに行ってほしいの」

「ドロヘダ？」

「キョウトで話さなかった？　あたしが育った修道院のある町よ」

そうだった、と奥本は思い出した。

「かまわないさ。すぐにかい？」

「ううん。少し先でいいの。あたしから連絡するね」

こうしたときの抵抗しがたい眼で……アンネマリーが奥本を見た。

全員がまた合成生物学研究所に戻り、奥本は上階にあるマイケルのオフィスを訪ねた。

5

「ケン、よく来てくれたな」

マイケルが、伸ばした両足を机の上に乗せた行儀の悪い姿勢で、スマートフォンを手に話していた。通話中なのに大声で奥本に声をかけ、すぐに相手との用件に戻ると、テキパキと指示を与えて電話を切った。

「忙しそうだな。邪魔じゃないのか？」

「いや、大したことじゃないのさ。つまらん連絡がまた入るかもしれんが気にせんでくれ。これからの予定はちゃんと空けてあるよ。お前さんとゆっくり話したいからな」

マイケルが足を戻して座り直し、奥本も勧められて近くの椅子に着座した。

「今日もまた、研究所の見学なのか？」

「ああ。真のチームが量子コンピュータを使うところを実際に見せてもらったよ。いやはやすごいものだな」

「だろう？」

マイケルが、してやったりという顔になる。

「何せ、研究所開設以来の大プロジェクトだ。俺も、最近まで掛かり切りだったよ」

「開設当初から、ここで働いているのか？」

「そうだ。実は、シャノン社を退職した理由がそれだったのさ。政府の機関に知っている者がいて、声をかけられた」

「そうか、引き抜かれたというわけだな」

奥本には至極納得だった。製薬と生物学なら分野としても近い。専門機器とＩＴの両方に精通しているマイケル・オサリバンなら、きっと引く手あまただったろう。

「――ここを見学して、生物学研究のイメージがガラリと変わってしまったよ。真が遺伝子の研究はいまやデジタル情報工学だと言っていたが、まったくその通りだ」

奥本が感想を述べる。

「俺もさ。ここ十年ほどの技術の進歩に驚嘆するしかない」

マイケルも同意見だ。

「人型のロボットが研究員でいるのにも、ビックリしたよ」

「トイヴォのことか？」

「エストニアの大学から派遣されたそうだが？」

「タルトゥという町にあるライフサイエンス専門の大学だ。この合成生物学研究所と密接に協業していてな、俺は何度も足を運んでいるよ」

「エストニアはＩＴの先進国なのだな？」

奥本が関心のあることを質問した。

「その通りだ。独立してまだ三十年と少しの小国だが、ＩＴを国の発展の柱にしてきた。人口が少なく資源も乏しいからな。そこはアイルランドも共通さ。ここ数年、エストニアを手本に政府が施策を打とうとしていて、俺もそれに関わっている」

マイケルがいくぶん含むような表情になった。

「研究所の仕事のほかにか？」

「ああ。ＩＴを使って国の仕組みを変えるようなことだ。たとえばだが、データ大使館を知っているか？」

「データ大使館？」

奥本は耳にしたことがない。

「国の運営に必要なデータのバックアップを取って、信頼できる他国に保存しておくのさ。エストニアは大陸のルクセンブルクにすでに持っているのだが、より安全を考えて、島国のアイルランドを第二の場所に選んだ。アイルランドは軍事同盟のＮＡＴＯにも加盟していないので、攻撃される危険が少ない」

話が急に政治と軍事のことになり、奥本は戸惑った。

「ＮＡＴＯと関係があるのか？」

「エストニアにとっては死活問題さ。大ユーラシア連合のロストア国と国境が至近の距離にあるからな。自国領内にもロスト ア国系の住民が多くいて、不穏な動きも見せている」

大ユーラシア連合というのは、ユーラシア大陸の複数の国々が加盟する協力機構で、その中でも二つの強大国である大華国とロストア国の主導で結成された。アメリカを盟主とするNATOに対抗する意図を隠さず、両者間の緊張が高まっている。

「最近になって、ロストア国がNATO加盟国へのサイバー攻撃を強めている。エストニアにはNATOのサイバー防衛協力センターがあるので、とりわけ標的にされているのさ。それでアイルランドに第二のデータ大使館を置くことを決めた」

奥本は、自分が巻き込まれたサイバー攻撃を思い浮かべた。

「実は、この間のヒースロー空港へのサイバー攻撃に巻き込まれたよ。そのためダブリン到着がひどく遅れた」

「そうだったのか？」

「あれも、ロストア国によるものなのか？」

奥本の質問に、マイケルが話していいものかという顔になった。

「ロストア国の関与については、俺も知らない——ただ、これは関係者の間で流れている真偽不明の話なんだが、ロストア国が以前から驚くようなサイバー攻撃用AIの開発を続けている、という情報があるらしい。最初にキャッチしたのがイギリス政府の諜報機関で、お前さんが巻き込まれたサイバー攻撃は……それへの報復だったと言うのさ」

久しぶりの二人の会話が、思わぬ方向に流れてしまった。

奥本は国際情勢を深く考えるほうではない。この話題を続けても仕方がないので、会話は仕事で駐在していた当時のことに移った。

◇5

6

キャサリン・マクレガーの母親がダブリンにやって来て、歓迎の食事会を持つことになった。

ところが、ポール・ファレルは家族との夕食があるので遠慮し、ロボットのトイヴォも辞退して、結局、奥本賢と真にキャサリン・マクレガーと彼女の母親という、二組の親子での夕食となった。場所はアンネマリー・オブライエンがアルバイトをしている、テンプル・バーにあるレストランだ。

夜の歓楽街であるテンプル・バーは、金曜日の夕方ともなると若者を中心に大勢の人が繰り出し、陽気な気性のアイルランド人と観光客とで大賑わいとなる。

6

奥本と真は、解放感に溢れるあたりの雰囲気に圧倒されながら店へと向かった。

到着すると、店内は満席に近い状態だったが、アンネマリーが奥まった場所に今回も首尾よくテーブル席を確保してくれている。彼女と短く言葉を交わし、案内されたテーブルをはさんで席に着いて、あとから来る二人を待つことにした。壁向こうのパブからは、速いテンポのライブ音楽に混じって客の叫び声がひっきりなしにもれ聞こえてくる。アンネマリーに食前酒はどうかと尋ねられたが、歓迎する立場の奥本と真は相手が来てからにしようと決めた。

それほど待つこともなく、キャサリンが闊歩するように店に入ってきた。研究所にいるときはラフでも目立たない服装だが、今日はカラフルな格好をしている。奥本と真のいるテーブルまで来ると、アメリカ式に威勢のいいあいさつの言葉をかけた。

あとを追うように、彼女の母親が姿を見せる。

「——」

顔を見た瞬間、奥本にはいったい何が起きたのか、理解できなかった。

相手も同じ反応を見せ、二人はあいさつを交わすことも忘れて見つめ合った。

どちらも、目の前にある姿と記憶の中のそれとのギャップを埋めようとしている。

奥本にそんな過去との橋渡しを不要にさせたのは、相手の美しいプラチナブロンドの髪だった。忘れようがなく記憶にあり、少しも変わっていない。

奥本が雷に打たれたように椅子から立ち上がった。

「パトリシア……」

それ以上、言葉にならない。

「ケン……なのね」

彼女が大きく目を開いたままつぶやき、ゆっくりと表情を崩した。うれしいのか悲しいのか分からない色を浮かべて、奥本を見つめる。

遠慮がちに差し出された両手を、奥本が包むように握った。

いったい何事かと、先にテーブルに並んで着席していたキャサリンと真が、二人を見上げた。

四人揃ったところでアンネマリーがやって来たが、興味津々、その場の様子に眺め入る。

奥本は握っていた手を離しても、まだ言葉を発することができなかった。

パトリシア・ハートが目の前にいる――。現実に起きていることが……信じられない。驚きが少しも覚めないまま、どうにか椅子に腰を下ろした。

奥本とパトリシア、真とキャサリンが隣り合って座り、四角いテーブルをはさんで二組の親と子が、それぞれ向き合う形になった。

キャサリンはどうにも好奇心を抑えられない。話をせがむ様子で母親と奥本に交互に視線を向けた。真のほうは状況に少しも追いついていない。

アンネマリーは場を離れず、口をはさまないでいる。

奥本は、どちらがどう話すべきか迷い、横のパトリシアと一度目を合わせた。彼女の様子を見て、自分から口を開くことにする。

「――前に、ボストンに仕事で二年間駐在していたと話したね。そこでパートナーだったICT社のエンジニアというのが、パトリシアなのだよ」

「モム、そうなの？　イェーイ、すごい！」

キャサリンがこれ以上ないくらい眼を大きくして叫んだ。

「キャサリン。まさか君の母親だったとは」

奥本が言葉をかける。

そうだと分かってみれば……と奥本は思い直した。キャサリンはあのころのパトリシアによく似ている。自らの能力に揺るぎない自信を持ち、キャリアへの燃えるような意欲を隠そうとしない。マクレガーと聞いて思いも寄らなかったが、パトリシア・ハートの結婚後の姓なのだろう。

と、そこまで考えて、パトリシアには夫がいるのだという当たり前のことに、奥本は気づいた。話す内容に注意しなければならない。

「もう三十年近くも前のことよ。偶然でも……こんな再会が現実にあるのね」

パトリシアはむしろ困惑を覚えていた。

「本当に……夢を見ているようだよ」

奥本はまだ信じられない気持ちでいる。

「二人も、もつれた量子だね！」

突然、アンネマリーがそう叫んだ。ひどくうれしそうな光を眼に浮かべている。

何のことか分からず、パトリシアがポカンとした顔になった。真とキャサリンも要領を得ない表情だ。奥本だけが、京都のマンションで交わした会話を思い出して苦笑した。

どうにか場が落ち着くと、アンネマリーが注文を取ろうとした。

奥本はすぐに料理を口にできる気分ではなく、食前酒から始めようと提案した。

「僕はギネスのビールにする。君は白ワインだね？」

ボストン名物の生ガキによく合うからと、パトリシアはあのころいつも白ワインを頼んでいた。

真もギネスを注文し、キャサリンは白ワインにした。親子の血は争えない。

⑥

「ケン。あなたがどうして……ダブリンにいるの？」

アンネマリーから渡された白ワインのグラスを手にして、パトリシアが驚きを拭えない表情で訊いた。

「真に会うためだよ。真はダブリンに長く暮らしていてね、毎年夏には日本に一時帰国していたけれど、今年は忙しくて無理だと言うので、僕のほうからやって来たのさ」

奥本が事情を説明した。

「仕事を休んで？」

白ワインを軽く口にして、パトリシアが質問を重ねる。

「いや。会社を数年前に退職して、いまは無職でいる」

「何もしていないの？」

パトリシアがグラスを置いた。

「少し、ゆっくりと考えたくなってね、古巣の大学に聴講で通っている」

「学んでいるの？　何を？」

「哲学さ」

奥本は照れながら答えた。

「あなたらしいのね。昔から、何て言うのかしら……思索的なところがあったわ。考えることが好きで」

パトリシアが優柔不断という言葉を避けたことに、奥本は気づいた。

「君は逆で、行動的だった。とにかく決断が速くて」

奥本は果敢という言葉を行動的と和らげた。

「速いだけで……深い思慮が足りないのよ」

パトリシアが残念そうに口にすると、キャサリンが向かいの席でニヤリと笑みを浮かべた。母親の気性を承知なのだ。

「──それにしても、母と娘で同じキャリアを歩んでいるのだな。最先端のコンピュータのエンジニアとしてね」

「モムは、私のロールモデルなのよ」

奥本が感心して述べた言葉に、キャサリンがそう応じた。その誇らしげな様子に、パトリシアもまんざらではない笑顔を向ける。

「マコトだって、ＤＮＡの研究をしているのだもの、昔のケンと近い分野だわ」

一人だけ言葉少ない真に、パトリシアが気を使って誘いをかけたが、表情を緩めただけだった。

奥本はさっきから、パトリシアと自分のどちらも奥歯に物のはさまったような言い方をしている……と感じていた。たがいの息子と娘に対してどこまで打ち明けていいものなのか?

頃合いを見て、アンネマリーが料理の注文を取りに戻ってきた。

パトリシアとキャサリンが異なるアイルランド料理を注文したのを見て、奥本と真もそれぞれ相乗りした。

パトリシアの両親はどちらもアイルランド系だった。父親はニューヨークの下町ブルックリンで生まれ、そこで育って消防士になり……二〇〇一年九月十一日の同時多発テロの犠牲となって、殉死した。その父親と死の半年ほど前に奥本も会っている。事件のあと、ニューヨークの彼女の実家を奥本も同行して訪れたが、それこそ混乱と悲嘆の極みだった。

「パトリシア。君のほうは、どうしているのだい?　いまもICT社に?」

奥本が逆に質問した。

「いいえ、私も退職したの。キャサリンが大学を卒業してICT社に職を得たので、ちょうど入れ替わりよ。いまは近くのコミュニティー・カレッジでボランティアの講師をしているわ。じっとしていられない性格だから、コンピュータとプログラミングを教えているの」

「いかにも君らしいな」

「モム。研究所のマコトのチームにポール・ファレルという、とんでもないプログラミングの天才がいるのよ。まだ二十歳ぐらいの学生だけど、ノーベル賞にコンピュータ・サイエンス部門があったら、間違いなく受賞するわ」

プログラミングのことが出たので、キャサリンが話題にした。

「量子コンピュータのプログラミングの仕方って、これまでとかなり違うの。私が一から教えるつもりでいたけど、ポールは独力ですっかりものにしていたのよ」

キャサリンが興奮の口調になる。

会話をしている間に、アンネマリーが料理を次々と運んできた。

「そうだ、アンネマリー。研究所で使い始めた量子コンピュータのＡＩにね、僕らで愛称を付けたんだ。ポールが提案して、アイルランドの大数学者にちなんでハミルトンという名前にした。君のペンダントの——」

料理を運び終えたところで、真がそう話しかけると、彼女がエプロンの下のＴシャツの内側からペンダントを取り出した。

「——その、シュレーディンガーの波動方程式の中に、大文字のＨがあるよね。それをハミルトニアンと呼ぶのだと、ポールが教えてくれたよ。ハミルトンが創始した理論に

⟨6⟩

よるらしくて、量子力学ではエネルギーを表すらしい。僕にはよく分からなかったけれど」

アンネマリーが手にしているペンダントをあらためて眺める。

「エネルギーを表しているの？　ますますステキね」

いかにも彼女らしい感想を残して、アンネマリーがテーブルを離れた。

「あのアンネマリーとは、どういう関係なの？」

パトリシアが奥本に質問する。

「真の知り合いだよ。彼女もトリニティ・カレッジの学生で、ここでアルバイトをしている。古代宗教と東洋思想を学んでいて、少し前に日本に来て僕の住居に一週間ほど滞在していた」

奥本はそう答え、彼女の生い立ちを口にするのはさすがに控えた。

「アイルランドの妖精のようだよ。どうにも抵抗しがたくて」

真が感想を加えると、パトリシアはキョトンとするばかりだった。

パトリシアの選んだ、前菜のカキとメイン料理のカニの爪の盛り合わせは、どちらも極上の味だった。

「君は、どこに滞在しているのだい？」

いっしょに食事を進めながら、奥本がパトリシアに尋ねる。

「キャサリンが半年契約のアパートを借りているので、そこに同居よ。ベッド付きの二部屋にキッチンもあるので、二人で住むのにも充分だわ。あなたは？」

「僕は、ホテル暮らしさ」

「ダブリンにはどのくらい、いるつもり？」

「ハッキリと決めていないが、とりあえず八月の終わりまではいようと思う」

「そんなに？　ずいぶんと……長くいられるのね」

パトリシアは、そう疑問を口にした。キャサリンからケンが一人で来ていると聞いていたので、そんなに長く日本を不在でいられるのを、不審に思ったのだ。が、それ以上は訊かなかった。

「君は？」

奥本が同じ質問をした。

「九月の中ごろまでの予定よ。講師をしているカレッジの夏休みがそこまであるから」

夏休み中であってもそんなに長く家を留守に……と奥本は不自然に感じ、いましがたパトリシアが見せた疑問の色が、同じ理由からだと気づいた。

店に来てから二時間近くが経ち、四人とも料理を食べ終えたが、誰も席を立とうとし

⑥

ない。キャサリンは真を相手にまだお喋りに夢中だ。

奥本は時間を気にしながらも、それ以上に、パトリシアと別れがたく感じていた。

アンネマリーがまた姿を見せる。

「ケン。時間は気にしなくていいのよ。あたしがお店の許しを得て、このテーブルを閉店まで確保してるからね」

まるで、ケンの心中はお見通しとでも言うような眼で、奥本を見た。

奥本は無言でアンネマリーに感謝した。

宵の深まりとともに、壁向こうのパブでは音楽と客の叫びが入り混じり、いっそう喧噪が増している。

アンネマリーの親切に甘え、四人が追加のアルコールを注文した。

ほろ酔い気分が加わると、テーブルの会話が自然に奥本とパトリシアそして真とキャサリンの、二人同士の間で交わされるようになった。

「ケン。あなた、少しも老けていないのね」

パトリシアが奥本の顔全体を眺めて口にした。

「君もだよ」

「本当に？」

「ああ。昔のままの美しい髪をしている」

「あら、白髪がちらほら交じってしまっているのよ。でも、うれしいわ」

パトリシアが表情をゆるめた。

奥本はかつてそうしたように、その髪に指を差し入れて触れたい衝動に駆られたが、どうにか誘惑に耐えた。

夜の十時半を過ぎると、レストランはそろそろ店仕舞いに入り、あとはパブ側だけが営業を続ける。ほかのテーブルの客たちがすべて去ったところで、店のエプロンを外したアンネマリーがやって来た。今夜の仕事は終えたと告げる。

「ねえ、マコトにキャサリン。金曜日の夜だし、このあと別のライブハウスに行こうよ」

アンネマリーの誘いにキャサリンが一も二もなく賛成したので、真もどうやら乗り気になった。

奥本とパトリシアも席を立ったが、さすがに若者たちにこれ以上つき合う元気はなく、三人とは別れることにした。

店の外に出ると、テンプル・バーは若い男女の群れでごった返していた。軒を連ねるパブやライブハウスの派手な彩色照明が激しく点滅し、それに合わせた速いテンポの音

6

楽が店内から流れてくる。入りきれない客たちが店の前で集まり、びんビールやワイングラスを手にダンスの足踏みをする者までいる。

歩いて進むのがひどく困難な中を、アンネマリーが先頭に立ち、キャサリンと真を引っ張って人混みの奥へと消え去ってしまった。

「パトリシア、ほかの店に入るかい？」

あっという間に取り残され、奥本がパトリシアに尋ねた。

「お酒はもういいわ。それよりどこか……静かな場所で休めないかしら？」

パトリシアが請う色を浮かべる。

「それなら、川の向こう側に行こう。遊覧ボートの桟橋を兼ねた遊歩道があって、ベンチで休める」

奥本も応じた。

リフィー川にかかるオコンネル橋を二人で渡った。

橋の対岸のたもとから川に沿う板張りの桟橋へと下りると、あたりは急に暗くひっそりとなり、すぐ上にある通りの街灯の照明もほとんど届かない。

さっきまでの喧噪が別世界のように感じられた。

奥本が遊歩道の先にあるベンチまでパトリシアを導いて、二人並んで腰を下ろした。

どちらも、すぐには口を開こうとしない。黙って目の前の夜の川面を眺める。

「あのころも……夜のチャールズ川のほとりを、二人でよく歩いたわね」

先に口を開いたのは、パトリシアだった。ささやくような声になっている。

「きのうのことのように……覚えているよ」

奥本の脳裡にも、当時の情景がよみがえる。

奥本賢とパトリシア・ハートの二人は恋人同士だった——。

ボストンの市街とチャールズ川をはさんで対岸にケンブリッジの町があり、奥本が駐在した武中製薬の研究所がそこにあった。近くにはハーバードやＭＩＴなどの著名な大学があり、世界中から若者が集まって来ていた。彼らは週末の夕べになると街に繰り出し、夜遅くまで騒ぐのが常だった。奥本とパトリシアもそこでよく夕食をともにしたが、食事のあとは喧噪から離れ、二人で静かな川沿いの道を歩いた。

「こうしてあなたといっしょにいることが……まだ信じられないわ」

パトリシアが複雑な表情で、奥本に視線を向けた。うれしいというより、困惑し、怯えてさえいるのだ——。

「真からキャサリンを紹介されたとき、君のことを思い出したよ。当時の君と似ていたからね。まさか本当の親子だったとは……いまはマクレガーという名前なのだね？」

奥本の問いに、すぐに返事がなかった。

「私、いまでもパトリシア・ハートよ」

「えっ？」

「離婚して、もとの名前に戻したの」

「――」

奥本は動揺した。まったくの予想外だった。

「キャサリンはまだ学生だったから、手続き上の理由でマクレガーのままで通したのよ」

そういうことか、と奥本は理解した。

「別れた相手と、その後は？」

「彼は再婚したわ。いまは必要なときに連絡するだけね」

奥本は、自身もいまは独身だと、どう切り出すべきか迷った。まさか黙っているわけにはいかない。

「キャサリンもね、自分から父親に会おうとはしないの。好きではないから」

パトリシアが話を続ける。

「なぜ？」

「離婚は、キャサリンが学業を続けるためだったのよ。私の母もまだ生きていて、病気の治療に多額のお金が必要で、一家全体が経済的に追い詰められていたの」

奥本はそれ以上聞く必要がなかった。夫が経済的な破綻者でパトリシアに頼るしかなく、許せばキャサリンの学業が立ち行かなかったのだと、そう容易に想像できた。

母親がロールモデルだと、キャサリンが誇らしげに言った理由が、それなのだ。さっき奥本の頭に浮かんだ疑問も同時に氷解した。夫も母親もいないので、パトリシアはボストンを長く離れていられる。

「パトリシア、実は――」

奥本は口に出して、一瞬ためらった。

「何?」

パトリシアが見つめる。

「僕も、いまは独身だよ」

今度は、パトリシアが驚く番だった。

「あなたも、離婚を?」

「いや、妻には病気で先立たれた。それも退職したきっかけの一つだ」

「そうだったの……」

⑥

二人はどちらも、何とも言えない表情になった。こんなとき、人はどんな表情になればいいのだろうか?

夜の空気がひんやりし始めた。対岸からテンプル・バーの喧噪がかすかに響いてくる。

パトリシアが遠くを見るような眼差しになった。

「ケン。私たち、ああするしか……なかったのかしら」

奥本も同じことを考えていた。二人が話して出した結論のはずなのに、いまになってそんなふうに考えている。本当はどちらも納得していなかった、とさえ思えてしまう。

「——僕に、猪突猛進する勇気がなかったからだ」

奥本が吐き捨てるように口にした。

「考えてばかりで……意気地のない、情けない男だよ」

パトリシアと別れ、奥本は日本に帰国し人の紹介で結婚したが、心にずっと負い目のようなものを感じていた。妻に対してだけでなく、自分の不甲斐なさに対しても——。

「ケン。そんなふうに自分を責めてはダメよ。私のほうこそ、自分にこだわり過ぎていたのよ。あなたの寛大さに甘えてばかりで……猪突猛進させていたらきっと、あなたを不幸にしていたわ」

パトリシアがやさしく言葉をかけた。

「それに、もう過去のことよ。過去をやり直したいなんて思わないわ。だって――」

パトリシアの眼に強い光が浮かぶ。

「――まだ、時間はあるもの」

彼女の視線がまっすぐに問う。

「パトリシア。もし君が望むなら……」

「お願い、ハッキリ言ってちょうだい！」

パトリシアが泣きそうな顔を見せ、奥本はあいまいな言い方を捨てた。

「いまでも君を愛している」

次の瞬間、パトリシアの身体が弾けたように奥本の胸に倒れ込んだ。両腕を回して強くしっかりと抱き締める。

「私もよ。お店で会った瞬間に分かったの……きっと抵抗できないって」

パトリシアが頭を奥本の胸に強く押し当てた。

奥本は、パトリシアのプラチナブロンドの髪に頬で触れた。ずっと以前にそうしたときの無上の幸福感が、身体全体に湧き上がってくる。

これまでの時間を取り戻そうとするように、二人は長く抱き合ったままでいた。夜の川の流れがひそやかに耳に響き、あたりの空気がとても親密に感じられる。

◇6

「私たち、これから自由に会えるのね……」

奥本の胸に顔を埋めたまま、パトリシアがつぶやく。

「ああ。世界のすべてに感謝したい気持ちだよ」

「ねえ、ケン」

パトリシアが顔を上げて口にした。

「あの、アンネマリーだけど、マコトとキャサリンを誘って三人で離れるように行ってしまったでしょう？　きっと、あなたと私を二人だけにしようとしたのだわ」

奥本も同感だった。

妖精が、二人をあらためて結び合わせてくれたのだ。

7

驚愕するニュースが、世界を走った——。

各地で発生していた大規模サイバーテロの実行犯が名を明かし、インターネットで世界中に声明を流したのだ。

声明の中で、犯人は「ウラディミール」を自称し、サイバー空間におけるアナーキストであると自らを定義した。その主張は、サイバー空間において国家の支配や統制はもちろん、いかなる秩序も許さないというものだった。さらに踏み込んで、大ユーラシア連合のロストア国と大華国が国家権力によって自国のサイバー空間を支配していると非難し、両国に対しサイバー戦を宣言した。

真相不明のサイバー攻撃で複数の大事故がすでに発生していることから、声明は単なるイタズラや冗談ではないと考えられた。

数日後、ウラディミールが主張通りの実行に及んだことで、世界が震撼した。ロストア国と大華国を標的としたサイバー攻撃があり、これまでにない大惨事をもたらしたのだ。

攻撃は、ほぼ同時刻に発生した。ロストア国で化学コンビナートが爆発し多数の死傷者が出たと思うと、大華国では首都の広域道路管制システムが突然マヒして、市の全域で事故が多数発生した。どちらも、システムを制御するコンピュータのソフトウェアがいつの間にか改変され、プログラム内にセットされたタイマーで誤動作を開始したのだった。

7

奥本賢はカフェの外の空いた席に着くと、事件を報じる新聞を目の前の小さな丸テーブルに置いた。

一面の大見出しに、「予告通りサイバー戦を実行」とある。テレビは昨日からこのニュース一色になり、スマートフォンの配信アプリにも事故を写した投稿が溢れていた。

奥本は、この日、合成生物学研究所をまた訪れる予定でいた。パトリシア・ハートが、量子コンピュータで動くＡＩを自分も見たいと希望したからだ。トリニティ・カレッジ正門前の交差点に面したこのカフェが待ち合わせの場所で、奥本はいつものように、約束した時間のだいぶ前にやって来た。

新聞は来る途中のスタンドで買い求めた。ニュースの大体ならすでに知っていたが、文字で読んで考えをまとめたかった。ＮＡＴＯのサイバー防衛協力センターが事件を追っていると紙面の片隅にあり、それにも注意を引かれた。マイケル・オサリバンがエストニアにあると話していた機関だ。

それにしても……ウラディミールとは何者なのか？　個人か？　組織か？　いずれにせよ国家にも匹敵する規模の大事件を実際に起こしているのだ。今日マイケルにまた会って、何か情報を得ているなら聞いてみよう、と奥本は思った。

「ケン。待たせてしまったかしら？」

背後にパトリシアの声がして、奥本は顔を上げ振り返った。

「いや、新聞を読みたくて早めに来たんだよ」

「あのニュースね？」

パトリシアもすでに知っている。

奥本と並んで椅子に腰を下ろし視線を紙面に向けた。

「何だか、悲しいわね」

「悲しい？」

奥本が分からずに訊いた。

「ケン。だって、あのころの私たちにとって、コンピュータやソフトウェアは夢と希望そのものだったもの。それがいまでは恐ろしいテロの手段になっている」

「というか、世界の秩序が根本から変わってしまったのだと感じるよ」

「どういうこと？」

今度はパトリシアが訊く。

「犯人だと名乗ったウラディミールが何者かは分からない。ひとつ言えるのは、高度なネットワークと情報テクノロジーが世界中に広まったことで、たとえ核やミサイルのような破壊兵器を持たなくても、個人が国家に対抗できるようになったということだよ。知識やアイデアを使うことでね」

パトリシアがしばらく考え込んだ。

「――それは、よいことなの？　それともよくないこと？」

「分からない。たぶん両方だよ」

奥本には、そうとしか答えられなかった。

二人は大学の正門から入ってキャンパスを抜け、合成生物学研究所のある建物の正面受付に行った。真が今回も事前に許可を取ってくれている。

突き当たりの専用エレベーターの前で待っていると扉が開き、真とキャサリンの二人が姿を見せた。

奥本と母親のパトリシアが並んでいるのを見て、キャサリンが眼に含むような色を浮かべた。親同士の復活した関係をすでに知っているのだ。奥本のほうは真に何も話していなかった。

研究所内のチームのセクション・ルームに着くと、キャサリンがパトリシアをメンバーに紹介した。ロボットのトイヴォに、パトリシアも目を丸くして驚く。

「父さん。アンネマリーが京都から持ち帰った四つ葉のシャムロックだけど、有効成分の抽出に成功したよ」

真が真っ先に伝えた。

「種から栽培できたのか？」

「うん。でもね、ＢＳＬ４施設にある実験室で水耕栽培を何度試してもダメだったんだ。近くの菜園でもうまくいかなくて、アンネマリーが別の場所で育ててくれている」

「アンネマリーが？　いったいどこで？」

7

「ドロヘダという町だよ。アンネマリーに縁のある場所みたいだ。そこにある修道院の薬草園でなら、不思議といくらでも育つんだよ。それを彼女が運んでくれた」

奥本にいっしょに行ってほしいとアンネマリーが言っていた町だ。

「ここの専門の研究員に調べてもらったら、その成分が免疫機能を劇的に高めることが、マウスの動物実験で判明したんだよ。それでね、僕たちのチームで夢のシャムロックと名付けた」

「本当か？　すごいじゃないか」

比叡山の麓の薬用植物園で発見した経緯を振り返り、アンネマリーが魔法でも使ったのかと、奥本は本気で思った。

「その有効成分と同等の物質を生み出すように、これからα（アルファ）基体に組み入れるＤＮＡ部品の設計を進めていくよ」

「α基体？」

「前に、父さんに話さなかった？　α基体は自己増殖能力だけを持つ無害な人工細菌だよ」

会話を横で聞いているパトリシアには、目を白黒させるような内容ばかりだった。

「どんなふうにやるか、見てごらんよ」

真の言葉を受けて、トイヴォがスクリーン端末に向かい操作を始めた。奥本とパトリシアが興味津々で眺める。

最初に画面に現れたのは、複雑な構造をした分子の三次元立体画像だ。部分ごとに赤や青で色付けされている。

「コレガ、夢ノしゃむろっくカラ抽出シタ、有効成分ノたんぱく質ト、ソノあみの酸成分ヲ、色分ケシタモノデス」

トイヴォが説明する。

「これと同じくアミノ酸が結合するように、人工ＤＮＡを設計する」

真が補足した。

「はみるとん」

トイヴォがスクリーンに向かって呼びかける。

「ハミルトン？」

パトリシアが奥本を見て尋ねた。

「君の歓迎会で、真がアンネマリーに話していただろう？　研究所のＡＩのニックネームだよ。音声で指示できる」

「モム。この端末がね、ボストンの量子コンピュータに接続しているのよ。大西洋上に

7

あるICT社の静止通信衛星を使ってね」

キャサリンが誇らしげにつけ加えた。

「どれもこれも驚くような技術ばかりね」

パトリシアは感心するしかなかった。

「設計ヲ開始――」

トイヴォが指示すると、DNAを構成する四種類の塩基（アデニン、チミン、グアニン、シトシン）が表示され、ハミルトンが計算する順序に従い、二重らせん構造に配列されて高速で伸びていく。

奥本もパトリシアも圧倒される思いで眺めた。

「ポールがね、量子コンピュータに移植したプログラムのチューニングをさらに進めたのよ。マコトのダッドが前回見たときより数倍速くなっているわ」

キャサリンは自分のことのように得意満面だ。

ポール・ファレル本人はパトリシアを紹介されたあと、別のスクリーン端末で自身の作業に没頭していた。

「父さん。でも、これは候補の一つに過ぎないんだよ」

「と言うと？」

「α基体の細胞内に入れるＤＮＡ部品が一度でうまく作れるか、分からないからね。それを確かめるために、改変した人工細菌を実際に培養して、分泌物が夢のシャムロックの有効成分と同じ効果を発揮するか、マウスを使った動物実験で試すんだ。ダメなら設計からやり直して別の候補を作り、それを何度も繰り返す」

なるほど大変な作業だな、と奥本にも納得できた。

見学を終えたところで、一階のカフェテリアに行き全員でランチを取ることにした。

食事中の話題になったのが、ニュースで大きく流れたサイバーテロの実行犯ウラディミールのことだった。

「サイバー空間のアナーキストだなんて、いったい何者なんだろう？」

「大ユーラシア連合のロストア国によくある名前よね」

真の問いかけに、キャサリンが応じる。

「父さんは、今回の犯行声明をどう思う？」

今度は、奥本に質問した。

「信条がどうあれ、いずれにしてもテロは犯罪だ。ロストア国と大華国では多数の犠牲者が出ている。攻撃が高度で大規模なことから、ウラディミールは専門家のいるテロリスト集団かもしれない」

「国家という可能性もあるわ」

キャサリンが口を開いた。

「軍事力では劣っていても、ＩＴで先端を行くような国よ。たとえばエストニアのようなね」

「えすとにあハ、平和ナ国デス！」

キャサリンがエストニアを例に出すと、いつもはこうした会話で意見を表明しないトイヴォが、めずらしく声を上げた。

「ねえ、ケン。あのトイヴォも料理を食べるの？」

奥本の隣にいるパトリシアが顔を近づけてささやいた。

「いや、グラスの水をチビリチビリ飲むというか、内部に注入するだけだよ」

「それはどこに入っていくの？」

「電子回路のチップや手足のモーターを冷やすために回すらしい。そのあとは水蒸気になって、背中の小さな穴から排出するそうだ。ただ、この場で水を飲む必要があるわけではないから、トイヴォはお相伴のつもりだよ」

パトリシアが苦笑を浮かべた。

食事を終え、チームは二階のセクション・ルームに戻るが、パトリシアはキャサリンといっしょに用事で市内に出向くという。

奥本はマイケル・オサリバンに会うつもりで、研究所に着く前に予定を確かめている。

奥本一人がセクション・ルームから、さらに先の階段を上がった。

マイケルのオフィスは入口のドアが開いていた。中に彼専用の机があるが、ほかに椅子や機器が置かれて作業場を兼ねたようになっている。

奥本が入口に立つと、マイケルが部下らしい人物と席で話をしていた。来訪者があると知っていたらしく、奥本の姿を認めるとすぐに切り上げて部屋を出ていった。

奥本は前回と同じ椅子に腰を下ろした。

「マイケル。世界中で大騒ぎになっているウラディミールのことで、何か知っているのか？」

奥本から話題に出し、朝に買い求めた新聞を机の上に置いた。

「――ここに、ロストア国と大華国を相手に実行したサイバー攻撃を、ＮＡＴＯの防衛協力センターが追っているとある。エストニアにあると君が話していた機関だろう？」

マイケルが記事にチラリと視線を投げた。

「その通りだ。実はな、ウラディミールが攻撃を行ったちょうどその日に、俺はエストニアにいたのさ」

7

「ロストア国がサイバー攻撃用のＡＩを秘密に開発している、という話を教えてくれたじゃないか。今回の攻撃と関係があるのか？」

「それは不明だ。俺も現地で同じ質問をしたが、関係者の誰も答えられなかった。何しろロストア国自体が攻撃を受けたのだから、つじつまが合わんよ」

奥本の期待は外れた。

「それにな、防衛協力センターが追っているのは犯人じゃなくて、どんなサイバー攻撃がされたかだ。それについては情報を得た。俺の仕事だからな」

マイケルが急に難しい顔になった。

「――知って驚いたよ。これまでにないレベルの高度な攻撃だ」

「どのように？」

奥本も興味を惹かれた。

「ロストア国への攻撃から話すと、標的になったのは国営の化学コンビナートだ。大華国からＡＩ技術を導入して完成した最新のコンビナートで、コンピュータの制御で完全に自動化されている。原料の石油と中間生成物をパイプラインで縦横に結び、複雑な混合処理をして最終の製品を造っているのだが、その工程制御のソフトウェアが改変されていたのだ。いつどうやって改変されたか、まったく不明らしい。そのため中間生成物の混合比が変わって可燃性を帯び、あんな大爆発を起こした」

「そんな改変は、設計の詳細を知らずには不可能じゃないのか？」

コンピュータを使った創薬の経験がある奥本にも想像できた。

「俺もそう思うよ。巧妙きわまりないとしか、言いようがない。大華国への攻撃も対象は違えど似たようなものだ。こっちは、首都の道路の広域交通管制を担う最先端のシステムが標的になった。市中に網の目のように張りめぐらされた監視カメラが、各所の交通状況を画像認識によって常時把握している。その大量のデータをセンターに集めて、ＡＩがリアルタイムで解析し、市全体の信号機を最適に作動させるというものなのだが……やはりソフトウェアが改変されて、監視カメラのデータが異なる地点からのものとしてゴチャ混ぜに処理された。それで市の全域で交通事故が同時に発生したのさ」

話しているマイケル本人が、信じがたいという顔になる。

「大華国政府も大慌てだったろう。何せ、大華国自慢の国民総監視体制を崩壊させてしまいかねない事態だからな」

「聞けば聞くほど……いったい何者だろう？」

奥本が自問した。

「ロストア国と大華国がな、本当はアメリカ政府による攻撃では、と疑念を抱いているらしい。エストニアの防衛協力センターがロストア国による報復を懸念している」

マイケルがそこで話を終えた。

今回も、最後はよもやま話を交わして、奥本はマイケルのオフィスを去った。

ホテルに戻ると、その日はほかに用事はせず、奥本は部屋でゆっくりと過ごした。

晩に、ホテルのダイニングで夕食を取って部屋に戻ると、スマートフォンに着信があった。

7

画面にアンネマリーの姿が現れる。

「ケン。突然ゴメンね。いま、いい？」

「ああ、少しもかまわないよ」

奥本は答え、彼女がいつもタイミングよく連絡してくるのを不思議に感じた。

「あさって、一日空けられる？」

あしたはパトリシアと会うが、あさってならまだ未定だった。

「だいじょうぶだよ。ドロヘダにいっしょに行く件かい？」

「うん。ケンは、車の運転できるよね？」

「ああ」

「じゃあ、車を借りて連れて行ってくれる？　途中で寄りたい場所があるの」

「どこだい？」

「タラの丘よ。キョウト盆地の凸側の」

また、アンネマリーの突飛な表現だった。

「いいさ。タラの丘なら以前にも、車で行ったことがある」

「ありがとう。それに、修道院はドロヘダの町の郊外にあって歩くには遠いの。車じゃないと不便だから」

「夢のシャムロックを栽培している薬草園は、その修道院にあるのかい？」

「あら、夢のシャムロックを知ってるの？」

「今日研究所を訪ねて、真から聞いたよ。すごい有効成分があると分かって夢のシャムロックと名づけた、とね。そこじゃないとうまく育たないと、そうも話していた」

奥本はそこで、気になっていたことを質問した。

「アンネマリー。比叡山の麓に行って見つけたのは、偶然だったのかい？」

「宇宙からのメッセージに従ったの」

奥本はまた沈黙するしかなかった。

「ケン。ドロヘダに、パトリシアも連れて来るのよ」

「いいのかい？」

⑦

「当たり前じゃないの」

「あの夜の……君の心配りのおかげだよ。彼女と二人でとても感謝している」

「エンマスビよ」

アンネマリーがニッコリと笑みを浮かべる。

エンマスビ？　ああ、縁結びのことか、と奥本が理解したところで、彼女の姿が画面から消えた。

会話を終えて、ひとつの想念が奥本の頭に湧いた。

自分がダブリンを再訪したこと、研究所でマイケル・オサリバンと再会し、さらに真のチームにキャサリン・マクレガーが加わって、彼女の母親がかつての恋人パトリシア・ハートだったこと……それらはみな、アンネマリーの不思議な磁力によって、一つの場所に引き寄せられたからではないのか。

それだけでなく、サイバー空間のアナーキストを自称し世界を震撼させているウラディミールの登場も——。

奥本には、それらすべてが、どこかでつながっているように感じられた。

8

タラの丘を示す小さな矢印の標識が道路脇に見え、奥本賢は車を左折して枝道に入った。人影のない田舎道を進むにつれ、あたりの光景に以前の記憶がよみがえる。

やがて、タラの丘へと続く小道の入口に白い柵が見え、その手前にある駐車場代わりの空地に、奥本は車を停めた。

入口の白い柵の前に写真や図を使った案内板が見える。

「ここなの？　見学者や観光客がもっといるのだと想像していたわ。意外にひっそりとしてるのね」

助手席で、パトリシア・ハートが拍子抜けした様子で感想を口にした。彼女の両親はともにアイルランド系だが、パトリシアがタラの丘を訪れるのは初めてだった。

「アンネマリー、丘の中心まで行くのかい？」

後部を振り返って、奥本が訊いた。

「そうよ。頂上の立石があるところまでね」

奥本も、それは記憶にあった。さほど高くはない丘の中央部が円形に盛り上がり、その中心に立石があるのだ。古代の王の即位がそこで行われたという。

三人は車を降りた。

土産物を売る小屋ほどの店が空地の端に数軒あるが、ほかに目立つような建物はない。周囲を眺めても、林と野原が広がっているばかりだ。

灰色の雲が空一面を覆っているが、どうやら雨の心配はなさそうだった。

アンネマリーが先頭になって進んだ。今日もいつもの白いTシャツ姿だが、夏にしては寒い日で、ウインドブレーカーを上に羽織っている。下は紺色のジーンズだ。

少し間を置いて、奥本とパトリシアが並んで続いた。ロングスカート姿のパトリシアは野外を歩くことを考え、スニーカーを履いている。

小道を歩いた先に高い木立に囲まれて、教会の建物を使ったビジターセンターがある。その庭の境にまた柵を抜ける入口があり、そこが丘の端だった。

「勝手に柵を開けて入ってもかまわないのね」

パトリシアがここでも意外そうに口にした。

「タラの丘へは誰でも自由に行けるの。この柵も羊が入るのを防ぐためよ。そうしないと丘の草をみんな食べちゃうからね」

アンネマリーが教えた。

ゆるやかな勾配に従い歩みを進める。広々とした丘には見学者とも近くの住民ともつかない数人の姿があるだけだ。

アンネマリーがまっすぐに丘の頂上へと向かう。一見すると無計画なようでも、彼女の行動には無駄がないことを、奥本は以前から気づいていた。

三人が揃って丘の平たい頂上に立った。

「とても眺めがいいのね」

パトリシアが感嘆の言葉をもらす。

この場所が二度目の奥本も、新鮮な思いであたり一帯に視線を向けた。森と平野をはるか遠くまで見渡せ、この丘がアイルランド人の心の故郷とされるのが分かる気がする。

頂上の中心に、灰色をした石があたかも地中から生えたように立っている。

人の肩ほどの高さで、丸くずんぐりとした形がクジラの頭部に似ている。地面に接し

8

た根元には、細長い何枚もの石の平板が放射状に敷かれている。

アンネマリーが立石と並ぶようにして立った。石の頭部に片方の手のひらを合わせて置き、固い表情のままじっと動かなくなる。

奥本は彼女の邪魔をしないよう、パトリシアを連れてその場を離れた。

頂上から下りた少し向こうに、大きい石の十字架がある。十字の交差部に円環を持つアイルランド特有のハイクロスだ。二人でそこに行った。

「ここに来ることができて……うれしいわ」

パトシリアがしんみりとした口調で述べた。

「父がこのタラの丘に家族を連れて行きたいと、よく口にしていたの。自分でも来たことがなかったから、父の精一杯の夢だったのね」

だが、同時多発テロの犠牲となって叶わなかったのだ。

その父親に会ったとき奥本は、感情の振幅が人一倍大きい人物だと感じた。あまり言葉を交わさなかったが、奥本のような熟慮タイプの人間とはたぶん肌が合わなかっただろう。家族のみんなからは愛されていた。

「ケン。あなたは、以前に来たことがあるのね」

「一度、家族でね」

「私も、キャサリンを連れて、また来るわ」

「それなら、真も加えて四人で来ることにしよう」

二人がそんな話を交わしているときだった。

「ケン。あれを見て――」

先に気づいたパトリシアが驚いた表情になり、丘の頂上を指さした。

奥本も振り返って声を失った。

立石のすぐ横にアンネマリーが依然として立ったままでいる。

灰色の雲に覆われた頭上の空の、彼女が見上げているそこだけがポッカリと丸く雲が消え、射し込む光がアンネマリーの全身と立石を明るく照らしているのだった。


タラの丘からドロヘダの町までは三十分ほどで着くことができた。

街並みの全体を眺められる距離まで来ると、中心付近にゴシック様式の教会の鐘楼が高くそびえている。十八世紀の末に建てられたカトリックの教会堂で、これから訪ねる修道院とも関係が深い、とアンネマリーが教えた。後部座席からの彼女の案内に従い、その修道院に向かって奥本は車を運転した。

やがて、あたり一面に広がる野原の先に、海にポツリと一つ浮かぶ小島のようにこん

8

もりとした森が見えた。道路はその木立の中へと入っていく。顔だけが黒い羊の群れが、周囲の牧草地のそこかしこでのんびり草を食んでいる。

しばらく走ると、森を抜ける手前で木立に混じり、いくつかの建物が姿を現した。

「ここよ」

アンネマリーが言葉をかける。奥本は道路から外れた少し先に車を停めた。

それほど大きな修道院ではなく、木々の間のそこかしこに伐採された空地があり、建物が分かれて建っている。遺跡のような古い石積みの礼拝堂があるかと思うと、まだ一昔前の建築と思える木造の宿舎らしきものもある。それらを含む敷地全体を、アイルランドでよく見る自然石を積み上げた垣が囲んでいた。

車を降り、三人は入口の門に向かって歩いた。

「アンネマリー、ここは女子の修道院ね？」

パトリシアが尋ね、修道院が男子と女子で別だと、奥本はいまになって気づいた。

「そうよ。あたし、この中の孤児院で育ったの」

事情を知らないパトリシアが驚いた。

アンネマリーはそのまま門に向かってどんどん歩みを進める。

「生まれて間もない赤ん坊のときに――、両親に捨てられたらしい」

並んであとを追いながら、奥本がパトリシアに短く伝えた。

門は扉が閉じられていた。手前の道の端に木製の長ベンチが置かれている。

「この上に揺りかごに入って、置かれていたんだよ」

アンネマリーがポツリと口にした。それから門柱に吊り下がっている呼び鈴代わりの鐘を、慣れた仕草で鳴らした。

「男子も、入っていいのかい？」

奥本が念のために確かめる。

「うん。一般の訪問者を迎える部屋があってね、そこは誰でもいいの。あたしといっしょなら外の敷地を歩くのも自由よ」

門の内側の敷地の先に、屋根も壁も裸石で造られた三階建ての大きな建物が見える。それが修道院の中心となる建物で、入口の白い木製のドアが開いたと思うと、一人の修道女がこちらに向かってやって来た。

「アンネマリー、よく来ましたね。そろそろかしらと待っていたのよ」

丸縁のメガネをかけた小柄な修道女で、門の扉を開きながら、そう声をかけた。

「今日は、あたしの知っている人といっしょなの。二人とも外国から来ているのよ」

アンネマリーが告げると、修道女は奥本とパトリシアに軽く笑みを見せた。

8

「マザー・ヴェロニカはいるのよね？　薬草園でシャムロックを世話したあとに、会って尋ねたいことがあるの」

「ええ、いらっしゃいますよ。そう伝えておくわね」

修道女に案内されて建物の中に入ると、来訪者との面会用の部屋があった。四角いガラス窓が壁に穿たれただけの簡素な部屋で、中央に頑丈そうな木製のテーブル一つと椅子が四脚置かれている。

「あたし、このあと森の中の薬草園に行くの。二人も、いっしょに来てね」

アンネマリーの誘いに奥本もパトリシアもうなずいた。どうやら理由があってここに連れて来られたと、奥本はうすうす気づき始めていた。

さっきの修道女がふたたび姿を見せ、アンネマリーに鍵束を手渡した。

三人は建物の外に出ると、アンネマリーを先頭に敷地の奥へと向かった。

周囲との境になっている石垣の一カ所に裏木戸があり、そこから細い小道が森の奥へと続いている。

「森の中に飛び地があって、薬草園はそこにあるの」

鍵の一つを使ってアンネマリーが扉を開け、振り返って奥本とパトリシアに教えた。

小道に沿って三人で森の中を進む。

途中、道がくの字を描いて大きく曲がり、さらに進むと木立が突然途切れ、目の前に広い空地が現れた。

空地全体に生い茂る草のそこかしこに、崩れ落ちた石壁の一部や、斜めに傾いた石の墓標が姿を見せている。ハイクロスの十字架もあった。

「古い教会の遺跡なのかしら？」

パトリシアがアンネマリーに訊いた。

「うん。ドロヘダの近くに多くあるの。こうして放って置かれたままになってる」

空地の一部が修道院の敷地と同じく石積みの垣で囲まれ、そこが目的の薬草園だった。

アンネマリーがさっきとは別の鍵を使い木戸の扉を開けた。

中に入るとかなりの広さがあり、種類の異なるハーブや薬草が場所を分けて育てられている。

アンネマリーが向かった奥の一画に、夢のシャムロックが栽培されていた。

「これは――、四つ葉がこんなにもたくさんあるわ」

パトリシアが気づいて驚きの声を上げる。

「京都に武中製薬の薬用植物園があってね、アンネマリーがそこで見つけて、種を持ち帰ったものだよ。日本の在来種とアイルランドのクローバーを掛け合わせたそうだが、

8

それが突然変異したということだ」

奥本が経緯を語った。

アンネマリーが小屋から小さなスコップとジョウロを持ち出し作業を始める。全体を一度眺めてから、風通しを悪くしている余分な葉を除き、根元へ土寄せして水を与える。手際がよいのに奥本は感心した。

「この場所でないとうまく育たないと真が話していた。そうなのかい？」

「うん。この森の土には宇宙からのエネルギーが蓄えられているからよ」

パトリシアが不思議そうに目を丸くしたが、奥本はアンネマリーの言葉に嘘はないと思っている。

作業が終わり、三人は薬草園を出て森の中の小道に戻った。

「あたし、もう一つ、寄る場所があるの」

さっきの、道がくの字になっているところで立ち止まり、アンネマリーがそう告げた。

そのまま道から外れて木立の中へと入っていく。

奥本とパトリシアは一度目を見合わせ、すぐにあとを追った。

横枝に注意しながら手をつないで二人が進むと、そこに別の空地が現れた。

アンネマリーが木立との境で待ってくれている。

さっきの空地ほど広くはなく遺跡も見当たらない。コンパスで描いたようにきれいな円形の草地で、草丈が低く揃っているのは人の手が入っているからだろう。

中心に樹木がリング状に並び、森の木々よりもずっと高く梢を天に伸ばしている。

「中央のあれはね、フェアリー・リングって呼ぶの。妖精たちがあの中に集まって輪になって踊るのよ。だから絶対に木を切ってはいけないの」

そう言い残し、アンネマリーが一人小走りに樹木の輪の中へと消えた。

奥本はふと、京都でアンネマリーに連れて行かれた、山林の中の日向大神宮を連想した。

奥本とパトリシアも歩いて近づき、二人並んでフェアリー・リングの縁に立った。空を見上げるとようやく雲の一部が切れ、高い梢の先から光が薄くもれている。

リングの中心近くに、人の腰の高さほどの自然石があり、アンネマリーが石の上に片方の手のひらを合わせ天を仰ぐ姿勢で立っている。タラの丘の立石でしたのと同じだ。ここでも両目を閉じて、じっと動かない。

奥本とパトリシアはフェアリー・リングの縁から見守った。

樹木の梢が視界の片隅で風に揺れていなければ、時間が停止したように感じただろう。

アンネマリーがようやく石から手を離し、ゆっくりと目を開いた。

8

視線が合った瞬間、奥本もパトリシアもドキリとなった。

心を何かに奪われてしまっているように、アンネマリーが反応を示さない。二人にも気づかないのか無表情のまま、緑色の瞳に拒むような光だけを浮かべている。

「――」

奥本とパトリシアは声をかけることもできなかった。

いつの間にか雲の切れ間が消え、空は一面の灰色の曇天に戻っている。

樹木の輪を抜いて風がザワッと吹き、アンネマリーがその音で我に返った。

「もういいよ、戻ろう」

彼女が先に立ち、三人はフェアリー・リングから離れた。

奥本はしかし、何かを残した気持ちになって振り返り、もう一度石を見てアッと気づいた。日向大神宮の影向岩に形がそっくりだ――。

足早に近づいて手で触れると、地面近くの表面に磨滅した渦巻き模様があった。

夢とも現実ともつかない気分に奥本はなった。空地の途中でパトリシアが怪訝な表情を浮かべこちらを見ている。

三人は裏木戸を通ってまた修道院の敷地に入り、建物内の訪問者用の部屋に戻った。

さっき相手をしてくれたシスターがすぐに顔を見せる。

「アンネマリー、戻ったのね。では、マザー・ヴェロニカをお呼びするわ」

シスターが面会の希望を伝えてくれていた。

待っていると、シスターを伴ってマザー・ヴェロニカが入口に姿を見せた。

横に控えるシスターよりもさらに小柄な身体つきの女性だった。かなりの年配と思えるが、年齢はよく分からない。銀髪の頭に白とグレーの頭巾を重ねて被り、首から胸に十字架を吊るしている。

「マザー・ヴェロニカ！」

アンネマリーが声を上げ、椅子から立ち上がった。森の中のフェアリー・リングから戻る間、ずっと落ち込んだ表情でいたのが、ようやく救われたという色を浮かべている。

「アンネマリー、元気でいたかしら？」

近寄ったアンネマリーの額に手を触れて、マザー・ヴェロニカが言葉をかけた。

「大学での勉強は進んでいて？　日本からとても薬効のあるシャムロックの種を持ち帰ってくれたそうね。シスターたちがみな感謝していますよ。あなたが来て世話をしないと、よく育たないそうね」

「マザー・ヴェロニカ。こちらはケンとパトリシアよ。ケンは日本から、パトリシアはアメリカから来ているの」

8

「それはようこそ。こんな田舎の修道院によくいらしてくださったわね」

奥本とパトリシアもあいさつを返した。

「ケンには日本で、とても親切にしてもらったの」

「そうだったの？　わたくしからもお礼を申し上げなくてはね」

二人についてアンネマリーはそれ以上の説明をしないが、誰であれ事情は詮索しないという暗黙の了解があるのか、マザー・ヴェロニカは初めての訪問者にも穏やかな表情を変えなかった。

「アンネマリー、わたしに尋ねたいことがあるそうね？」

テーブルに着席したところで、マザー・ヴェロニカが用件に入った。

「マザー・ヴェロニカ。昔ここに病院があったというのは、本当？」

「ええ、ありましたよ。と言っても、わたしがこの修道院に来るずっと以前のことね。病院というよりは、婦人のために出産や産後の看護をする施設だったはずですよ。当時は、恵まれない境遇の女性が多くいましたからね。父親が不明のまま出産するようなこともあって、孤児院を併せ持つようになったのも、そうした事情からですよ」

「孤児院はいまでもあるのに、看護の施設はどうなったの？」

「ドロヘダの町にある、カトリック教会が運営する病院に移ったのよ。設備がずっと整っていて、移動の便もよくなりましたからね」

「それは、いつごろのこと?」

「大きな戦争が終わって、十年ほど経ったころのはずですよ」

第二次世界大戦のことだろう、と奥本は推測した。

「——移る前の、この修道院の看護施設で生まれた子供たちの記録が……残ってないかしら?」

アンネマリーはいったい何を調べようとしているのだろう、と奥本は思った。

「記録ならあるはずですよ。シスター、保管室にアンネマリーを連れて行って、いっしょに調べてもらえるかしら?」

入口に立って控えていたシスターにマザー・ヴェロニカが声をかけると、二人が揃って部屋を去っていった。

さっきからの様子を見ていた奥本は、修道院の最上席にいるマザー・ヴェロニカがアンネマリーの遠慮ない態度に少しも不快な色を見せないことが、どうにも不思議だった。二人の間に特別な結びつきがあるのだろうか。

「アンネマリーを奇妙な女の子だと、さぞかし思っていらっしゃるでしょうね?」

そんな奥本の心中を読み取ったように、マザー・ヴェロニカが口にした。

8

「奇妙というか……不思議なことがいろいろと起きます。生まれて間もなくこの修道院の前に捨てられていた、と本人から聞きましたが」

奥本は正直に答えた。

「ええ、そうですのよ。ここの孤児院で育ちました」

マザー・ヴェロニカが穏やかに述べる。

「いまでも両親は不明ですのよ。そんな恵まれない境遇でしたが、とても頭のよい子で、アンネマリーがここの修道女になってくれたらと、わたくしはそう願っていました」

マザー・ヴェロニカが残念な色を浮かべ、すぐに笑みを戻した。

「――でも、アンネマリーにはそれ以上の何かがあると、感じてもいたのです」

奥本は横のパトリシアに目をやった。

「カトリックの修道女であるわたくしがこんなことを申すのはおかしいと、もちろん承知していますのよ。ですが、アンネマリーの魂は宇宙的……とでも言えばよいのでしょうか、一つの宗教に帰依することを超えてしまっていると、そう思えてならないのです」

「……………」

宇宙からのメッセージという言葉が奥本の頭に浮かぶ。

「さっき、彼女と森の中の薬草園から戻る途中、木々を分け入った先の、空地の中央にある樹木の輪へと連れて行かれました。その中にある石が、彼女には特別なもののようでした」

「ああ、フェアリー・リングですね」

マザー・ヴェロニカは承知していた。

「子供のころからアンネマリーはあの森が好きでした。深夜でも闇を少しも怖がらず、一人で入っていきましたのよ。大人のシスターたちのほうが恐れて探しに行けませんでした。そのフェアリー・リングに通っていたのです」

「特別な場所なのですか？」

奥本が質問する。

「人々の間では妖精たちが集まって踊る場所と、そう伝えられていますわ」

その石が日本の影向岩とそっくりだったことを、奥本は黙っていた。

「いまでもよく、覚えていますのよ。アンネマリーがドロヘダの中学校に通っていたときのことでした。その日、わたくしもアンネマリーを追うようにして、フェアリー・リングに行ったのです」

マザー・ヴェロニカが少し間を置いて奥本とパトリシアを見た。

8

「夕方の、まだ暗くなりきる前の時間でした。わたくしが空地の端に立って様子を眺めていると、突然でした。西の空を覆っていた雲にポッカリと穴が開いて、金色の光がまっすぐにフェアリー・リングの中へと射し込んだのです」

タラの丘で見たことは幻影ではなかった、と奥本もパトリシアも思った。

「それを目の当たりにして、わたくしは天啓に打たれました。アンネマリーには特別な何かがあることを、主が示してくださっているに違いないと」

マザー・ヴェロニカの穏やかな言葉に厳粛な響きがあった。

「――ですから、修道女になるよりも大学で学びたいとアンネマリーが言ったとき、その望みを叶えさせることにしたのです。アンネマリーはこう言いましたのよ。はるか昔から、人がなぜ宗教的なことを求めるようになったのか、それを宇宙の摂理から理解したいのだと……」

奥本とパトリシアは感動さえ覚えた。

アンネマリーとシスターが部屋に戻ってきた。アンネマリーは手に古びた帳面を持っている。

「ケン、名前があったよ」

「名前?」

「ポールとアンネマリーって」

奥本はアッと声を上げそうになった。

そのために奥本をここに連れて来たのだ。この修道院の前に自分が捨てられていたのは理由があるに違いないと、そう考えたのだろう。

「マザー・ヴェロニカ。おっしゃったように保管室にきちんと年代順に残されていました」

シスターがそう報告した。

アンネマリーが開いて見せた帳面には、日付と名前が手書きで記されていた。紙が茶色に変色し、文字の消えかかっているものもある。筆跡やインクの色がまちまちなのは記入者が違うからだろう。

「ここよ」

アンネマリーが一カ所を、指で示した。

—1941 11.05 Annemarie (G)

一九四一年十一月五日の生まれで、Gは女の子を示しているのだろう。

8

奥本にもアンネマリーの考えていることが分かった。ＤＩＡＳが創設されたのは一九四〇年だ。あの古い写真に写っていた二人の子供——それを調べようとしている。

「ほかに、アンネマリーという名前はないのかい？」

「これだけよ」

念を入れて質問した奥本に、アンネマリーが答えた。

「ケン。同じ綴りの名前でも、ドイツ風にアンネマリーと発音するのは……アイルランドではめずらしいわ。何か理由があってそうしたのね」

パトリシアが意見を述べた。

「——それにしても、みな名前だけで姓が記されていないのは、どうしてなのだろう？」

「父親が誰か分からないまま出産した女性が多かったからですよ。そうした母親の多くが、生まれた子供をそのまま孤児院に預けたのです。自分の姓を記録に残すこともいやがりました」

奥本の疑問に、マザー・ヴェロニカが答えてくれた。

「ポールはこっちよ。でも、三人いるの」

アンネマリーが次のページを開いた。

―1942 4.22 Paul (B)
―1942 10.17 Paul (B)
―1943 5.21 Paul (B)

やはりポールという名前は多いのだ、と奥本はあらためて納得する。

「きっと、一九四三年生まれのポールね」

アンネマリーが迷いなく言った。

奥本にも、そう推測できた。あの写真に写っていた二人の子供を同じ女性が産んだのなら、妊娠や出産の期間を考えるとそうなる。

しかし、と奥本に別の疑問が生じた。あの写真にはアイルランドの当時の首相がともに写っていたのだ。孤児院とはまったく無縁の恵まれた環境のようだった。白のロングドレス姿で写っていた日本人らしき女性が二人の子供の母親なのか、それも不明のままだ。

用事を終え、三人は辞去することにした。

「アンネマリー。今日来たのは……フェアリー・リングに行くためだったのですね？」

別れ際に、マザー・ヴェロニカがどこか不安な面持ちで、アンネマリーに尋ねた。

8

アンネマリーが黙ったままコックリとうなずく。

「――どうかあなたに、神のご加護がありますように」

不安の色を残しながらも、マザー・ヴェロニカが慈愛に満ちた眼差しをアンネマリーに注ぎ、祈りの言葉とともに十字を切った。

過去－2（一九四〇－一九四二年）

佐久間章子がＤＩＡＳでの勤務を始めてから、ひと月が過ぎた。

デ・ヴァレラ首相が直接会って話してくれたように、仕事の内容はＤＩＡＳの運営に関わる事務や経理といったことで、彼女が事前に抱いた不安はすっかり解消していた。

正規採用の職員がまだ一人もおらず、章子は一日の大半を主任教授のシュレーディンガー博士と二人で過ごした。建物の三階にある理論物理学部門に彼女用の机が与えられ、そこから窓の向こうにメリオン広場を眺めることができる。この季節にも、バラが美しく咲き誇っていた。

勤務を始めてすぐに、シュレーディンガー博士が彼女をファーストネームで呼ぶようになった。博士のこともエルヴィンと呼ぶように言われたが、雲上の人物にさすがにそうはできず、章子はシュレーディンガー博士と呼び続けていた。

日中、博士が笑うことは滅多になく、いつも何かを考えているような表情でいる。思索中に視線をじっと章子に向けることがあり、気配に気づいて彼女は緊張を感じるのだった。

上司として仕えるシュレーディンガー博士について、章子もそれなりに事情を知るようになった。物理学者でありながら詩作が好きで、研究中もノートの余白に思い浮かんだ詩句を書き留めたりしている。自転車の大の愛好家で、海辺に近い郊外の自宅とＤＩＡＳの間を毎日自転車で往復していた。その博士から、ダブリンで生活するのに便利だと勧められ、章子も自転車を一台購入した。

仕事の合間に、個人的な会話も博士との間で交わすようになった。

「アキコ、休日には、どう過ごしているのだ？」

「シュレーディンガー博士、特別なことはしていません。買い物や、部屋の整理などとか……あとは、時間があれば本を読みます」

「どんな本を読んでいるのか？」

「シェークスピアなどを繰り返し読んでいます」

章子がそう答えると、博士がめずらしく笑みを浮かべた。

「室内にこもってばかりでは健康によくない。休日に自転車で郊外を回るといい。私が案内しよう」

ダブリン近郊の野や森や丘へと自転車で出るのが、シュレーディンガー博士は好きなのだった。自転車を購入してから、章子も繰り返し誘われるようになった。

その日、佐久間章子はシュレーディンガー博士と二人で、ダブリンの街の中心から北にある国営の植物園に自転車でやって来た。もう何日も前から、博士がいっしょに行くことを繰り返し求め、その熱心さに負けて誘いを受けたのだった。

博士が強く勧めただけあって、想像していた以上に広大で立派な植物園だった。さまざまな品種が栽培されているバラ園にハーブ園、高山植物や水生植物を集めた区域があり、それらをめぐりながら観賞できる。敷地内にはさらに、岩石を集めた庭園やちょっとした森まであった。

ふだんほとんど目にすることのない植物に章子も興味を覚えて、博士とともに園内を回った。

空が晴れ渡り気持ちのよい日だったが、十月の下旬に入っていて、長く屋外にいるとさすがに肌寒く感じた。一巡のあと、シュレーディンガー博士が休憩を取ろうと言い、章子を園内にある温室へと誘った。

美しい曲線を描くガラス張りの大きな温室は、内部に熱帯や亜熱帯の巨大なシダ類が生い茂り、別世界に来たかのようなエキゾチックな雰囲気だった。

ゆっくり眺めようと、章子が近くのベンチに腰を下ろしたときだった。

シュレーディンガー博士がすぐ横に並んだと思うと、素早く彼女の手を握った。

「アキコ、君を深く知りたい」

不意を突かれて振り向いた章子に、博士が触れるほど近く顔を寄せて告げた。

「シュレーディンガー博士、いったい何をおっしゃっているのです？」

困惑した章子の手を博士がいっそう強く握り、丸縁の眼鏡を通して青い眼が射るように見つめる。

「何度も言っているように、シュレーディンガー博士はいい加減止めて、エルヴィンと呼んでくれないか」

博士の顔に怒りと懇願が浮かんだ。

「君を最初に見たときから……心を奪われていた」

「お願いです！　手を離してください」

身を離そうとして章子が叫ぶと、博士は従ったものの、射るような視線はそのままだった。

章子は自分が明らかに動揺しているのを感じた。

二人だけの自転車乗りに誘われるようになった当初から、実は、章子にはためらいがあった。

それでもまさか、このような告白をされるとは予想もしていなかった。

「君のような女性は初めてだ。東洋の高貴な心性と西洋の合理的知性とが、君の中で見事に合一しているのが分かる」

学者らしい言葉で述べられても、章子の困惑は増すばかりだった。

「――そんなふうに強く、見つめないでください」

怯える気持ちになって口にした。

「どうか分かってくれ。真剣なのだ」

シュレーディンガー博士が眼鏡を外し、痛いほどの視線を彼女に向けた。

そのまま抱き締めようとする動きを見せ、章子がとっさに身を引く。

「奥さまが……いらっしゃるのに」

彼女がそう口にしたとき、博士が表情を一変させた。

「だからどうなのだ？」

憤然となって語気を強め、章子に質す。

「もしや、倫理に反するとでも考えているのか？」

博士が今度は、いかにも情けないといった表情を見せた。

「アキコ。断言しておくが、よいか？　一夫一婦制など、ブルジョア社会が都合よく定めたものに過ぎない。そこにどのような必然性もなく、むしろ自然に反しているのだ」

「――」

章子は頭が混乱してしまい、言葉を返すことができなかった。

考えも気持ちも追いついていない章子の様子に、シュレーディンガー博士はその日、それ以上求めようとはしなかった。


シュレーディンガー博士は諦めることなく、それからも章子に求愛を繰り返した。

彼女にとっての救いは、博士がそうした態度をＤＩＡＳではいっさい取らなかったことだ。勤務を終えて退出したあと、あるいは休日の誘いの中でのみに留め、公私のけじめを博士は自ら厳しく守った。

章子は意識して、博士の家庭の事情を知ろうと努めた。

その結果は、想像をはるかに超えて驚くようなものだった――。

博士の妻はアンネマリーという名前で、周囲からはアニーの愛称で呼ばれていた。夫婦の間に子供はいない。

ところが博士は、別の女性との間に子供をもうけていた。

章子が驚愕したのは、その女性にも夫がいて、しかも博士の友人なのだった。そればかりか、その女性と夫と子供（女の子だった）の三人を博士の家に同居させ、妻のアンネマリーと博士の二人で子供の養育までしていたのだ。子供の出生届上の父親は女性の夫になっていた。

そうした博士夫妻の尋常とは思えない内実を、章子はさらに知るようになった。

夫妻はともに自由恋愛主義者で、博士の女性関係はすべて、妻のアンネマリーも承知なのだった。相手が独身か既婚かも問題にしない。博士はこれまでも複数の女性と情愛を重ね、妻のアンネマリーも同様に振る舞い、たがいにそれを認め合ってきた。夫妻とごく親しい人々の間では公然の秘密だという。

章子にはどうにも受け入れがたかったが、シュレーディンガー博士夫妻にとっては自然なことでしかなかった。

何より博士本人がそれを少しも隠そうとせず、逆に章子への論理的な説得を試みた。

彼女が理解したところでは、その考えは次のようなものだった――。

世界は全体としてひとつのものであり、そこに在るすべてがさまざまに結び合うことで多様性を獲得し、進化を遂げていく。そうあることが自然の唯一の論理で、だからこそ男女は自由に愛して交わり、たがいの遺伝子を組み合わせることで、世界を豊かにしていくべきなのだ、と。

そのためなのか、博士には男女の愛につきものの独占欲など微塵もなかった。求愛の対象となるのは女性としての真価を認めた相手のみで、容姿の美しさや肉体的魅力に無関心ではないものの、それ以上に、相手の精神性を冷徹に見定めようとする。そうした女性の価値は世界が共有すべきもので、独占欲など排すべきものでしかないのだった。

「アキコ、本心から君を愛しているのだ。僕の子供を産んでほしい」

博士が章子に、そう強く求めるようになった。親として子供の面倒も見るという。

当初は困惑しかなかった彼女も、時間が経つにつれ冷静に考えるようになった。領事夫人に相談することも頭に浮かんだが、デ・ヴァレラ首相から打診されたＤＩＡＳでの仕事を仲介してくれた領事夫妻の立場を考え、むしろ困らせてしまうと思い直した。

章子には、どうしても結婚したいという気持ちはなく、それよりも自立した職業婦人としての道を捨てたくなかった。アイルランドも日本に似て男尊女卑の風潮の強い社会で、結婚すれば家の外で働くのは難しいに違いなかった。ただ、子供を持ちたいとは望んでいたので、先になって養子をと考えることはあった。

ならば、シュレーディンガー博士の子供を産めばよいではないか——と、考えがそこに向いてしまうのを章子は抑えることができなかった。たとえ庶子であろうと、ノーベル賞まで受賞した高名な科学者を父親に持つなど、通常なら望んでも叶わないことだった。博士と妻のアンネマリーの間に子供がなく、その妻も公認であれば罪悪感に苦しむこともない。

そんなふうに考えると、章子の気持ちの問題だけになってしまうのだった。

彼女が性愛の対象として博士を愛していたかというと、そうではなかった。年齢が二十歳以上も離れていたこともあり、世界最高の科学者の一人だという、むしろ尊敬の気持ちだった。

それでも博士を近く知るようになるにつれ、より親しみの感情を覚えるようにはなっていた。子供のころ女性たちに囲まれ甘やかされて育ったらしく、五十歳を過ぎても少年のような無邪気と独りよがりが抜けきっていないようなところがあった。気難しく見えてもどこか微笑ましさを感じさせる。

年が明けて、章子はシュレーディンガー博士の求愛に応えようと決めた。

彼女がそう伝えたとき、博士は文字通り歓喜の叫びを上げ、喜びを爆発させた。それからは逢瀬を重ねる度に、青年のような直情で章子の身も心も激しく求めた。

季節が春へと移る前に、章子は自分が妊娠したと分かった。

生まれてくる子供をどう育てるか、彼女はあらかじめ決めていた。社会的に高い立場の博士に頼ることをせず、妻のアンネマリーの助けも借りることなく、自分の力で育てるつもりだった。そうする覚悟と自信があった。

博士に妊娠を告げたときに、章子はそのことも伝えた。ただ、出産の前後や育児の期間、そして彼女の身に何かあったときなど、そうした場合は子供への庇護が必要で、それだけは博士に頼んだ。

博士は最初ひどく不満を示したが、それでも彼女の意向を受け入れてくれた。妻のアンネマリーに知られないよう出産や育児の援助をすることも約束した。

さらに博士は、デ・ヴァレラ首相にも守秘を約束の上で庇護を求めた。ノーベル賞の受賞者である博士の遺伝子がアイルランドに伝わり広まるのだと、そう臆面もなく益を説いたのだ。

デ・ヴァレラ首相は要望を聞き入れた。博士の考えに同意したというより、首相自ら三顧の礼を以てＤＩＡＳに招聘した経緯を考慮したからだった。もちろん首相という立場からではなく、あくまで一個人としてのものだった。

その年の十一月に、章子は無事に女の子を出産した。

場所はダブリンから北に四十キロほど離れたドロヘダという町の郊外の森の中にある、カトリックの修道院が慈善活動で営む施設だった。博士の妻のアンネマリーや周囲の者に知られないよう、デ・ヴァレラ首相が手配をしてくれたのだった。

その少し前に、章子はＤＩＡＳの仕事を辞めていた。アイルランド人の正規の職員の採用がようやく決まり、うまく区切りをつけることができたのだ。

出産のあと、章子はドロヘダの町に小さな一軒家を借り、通いの乳母を雇ってさらにふた月ほど留まることにした。しばらくは人目に立つのを避けるためだが、それにもデ・ヴァレラ首相の個人的厚意を受けた。

章子は、生まれた娘にアンネマリーという名前を付けた。実子のいないシュレーディンガー博士の正妻に、彼女なりの敬意を示したかったのだ。

これらの出来事の間にも章子は折に触れ、日本の神戸にある実家に手紙だけは書き送っていた。戦時下のヨーロッパで時間がかかっても、どうにか連絡を保っていたのだ。女の子が生まれたことを知らせたが、父親が誰かなどの事情は伝えなかった。娘のアンネマリーが歩けるまでに成長したら、日本に一度里帰りしようとは考えていた。

十二月に入ると、そうしたことが不可能な事態となってしまった。日本軍がハワイの真珠湾を攻撃し、アメリカとイギリスが日本に宣戦布告をしたのだ。

ロンドンの日本大使館が閉鎖となり、ダブリンの日本領事館も本国と連絡が取れないまま、領事夫妻と館員は籠城のような状態になってしまった。

年が明けて、章子は娘のアンネマリーとともにダブリンに戻ると、港に近い一画にある女性用の集合アパートに居を定めて親子で暮らし始めた。領事夫人に会って娘を産んだことを伝えたが、父親が誰かは話さなかった。事情があると察してか、夫人は詮索する態度を見せなかった。

ありがたいことに、同じアパートや周囲のアイルランドの人々がみな、驚くほど親切にしてくれた。

領事夫人の話では、真珠湾攻撃から間もなく、日本の航空隊がマレー半島沖でイギリスの東洋艦隊を攻撃し、不沈艦と呼ばれた戦艦プリンス・オブ・ウェールズと巡洋戦艦レパルスを撃沈したのだという。その報がダブリンに届くと、街のそこかしこで人々の歓声が上がったとも教えてくれた。

章子がアパートで幼い娘の面倒を見ながら働けるよう、デ・ヴァレラ首相が仕事の斡旋をしてくれた。

ＤＩＡＳのケルト言語学部門が蒐集した文献を日本語に訳す仕事で、ケルト語から一度英語に訳されたものを再訳するのだった。日本語訳の必要など実際はないにもかかわらず、将来役に立てばよいとの計らいで、デ・ヴァレラ首相が仕事を作ってくれたのだった。

シュレーディンガー博士は週に数度、アパートを訪ねて来た。ＤＩＡＳでの仕事を終えたあとのことが多く、来ると幼いアンネマリーの相手をするか、眠っていれば満足そうに寝顔を眺める。

章子はアンネマリーという娘を得て、これまで知らなかった母としての生きる力を内に感じるようになった。それを与えてくれたシュレーディンガー博士に、深い感謝を覚えずにいられなかった。

「この娘は、東洋と西洋の遺伝子が融合して誕生したのだ。いつの日か世界に祝福をもたらすことだろう」

博士が、そんな夢想とも思える言葉を口にするのだった。

9

サイバー空間をめぐり世界が驚くようなニュースが続く。

今回のそれは、エストニア政府によるものだった。

国家を、サイバー空間に移すという――。

サイバー空間のアナーキストを自称するウラディミールの先の声明とは、真逆のような発表だ。

合成生物学研究所の真たちのチームでさっそく話題になった。メンバーのトイヴォがエストニアから派遣されて来ている。

エストニアでの仕事から戻ったばかりのマイケル・オサリバンがちょうど姿を見せ、

マイケルを囲んで全員が話を聞くことにした。

「サイバー空間に国を移すってどういうことかしら？　領土を放棄してしまうの？」

キャサリン・マクレガーが真っ先に質問する。

「いや、そうじゃない。国家の機能をサイバー空間の中で完結させるのさ」

「そんなことが可能なの？」

キャサリンは半信半疑だ。

「エストニアは電子政府の先進国だ。行政サービスのほぼすべてが、すでにオンラインで行われている。選挙もオンラインで実施され、国会を仮想環境で開催し、議員はリモート参加だ。金融面でもユーロと等価のデジタル通貨を発行している。必要なインフラが整っているので、充分可能だろう」

「マイケル。でも、そうする理由はなぜ？」

今度は真が尋ねる。

「他国による侵略でたとえ国土のすべてが占領されても、国家として機能し続けるためだ。そのため行政も議会も司法も国家の運営をすべて、サイバー空間の仮想環境で行う」

エストニアが近接するロストア国と緊張関係にあるのは真も知っている。そういうこ

9

とか、と納得した。

「君らは、データ大使館を知っているか？」

マイケルが以前に奥本賢に話したことを持ち出した。チームの誰も知らない。

「エストニア政府がアイルランド政府と契約を結び、仮想環境下で国家の運営に必要なデータのバックアップを、タラの丘近くの地下にあるデータセンターに保存している」

「すごいわ！　国をいつでも再インストールできるのね」

キャサリンが目的をすぐに理解した。

「えすとにあハ、小サナ国デモ、意思ハ強イノデス」

トイヴォがめずらしく、英雄的な言葉を発する。

「あえて言うなら、エストニアのような小さな国だから可能という面はある。アメリカや日本のように国土や人口の大きい国では難しいだろう」

マイケルがキャサリンと真の顔を見て口にした。

「それなら、アイルランドも可能だよ！」

ポール・ファレルが声を上げた。コンピュータ・プログラミングの天才であるポールには魅力的なアイデアなのだ。

するとマイケルが、意味深長な様子で全員を見た。

「エストニア政府が世界に向けて実施している、e－レジデンシー制度のことなら君らも知っているな？」

眼に、含む色を浮かべている。

「僕はずっと以前に登録している」

ポールが即答した。

「エストニアの仮想住民になれる制度でしょう？　私も持ってるわよ。世界中どこにいても、これがあるとEU内でのスタートアップ（起業）ができるから」

キャサリンがスマートフォンの画面に自身のデジタルIDを出してみせた。

真は話に聞いていたが登録はしていない。

「実は、アイルランド政府が近く同じ制度を始める。エストニア政府の支援を受けて以前から準備していたのだ。それと、もっと驚くような発表もある」

マイケルがニヤリと笑った。その件にも関わっているのだ。

それ以上は話さずに、マイケルは上階のオフィスへと戻った。

「キャサリン。e－レジデンシーへの登録って、簡単？」

二人になったところで真が尋ねた。

「ええ、簡単よ。マコトのスマートフォンに電子パスポートは入ってる？」

「うん」

「それなら十分もあれば、できてしまうわ」

「いま、教えてもらっていいかな？　今日にも父さんを夕食に誘って、今度は僕から教える」

　真はまた夕食にありつこうとしている。

「あら、マコト。あなたのダッドね、今夜は私のモムといっしょよ」

「そうなの？　じゃあ、キャサリンも入って四人で食事をしよう」

　キャサリンがたちまち呆れた顔になった。

「何を言ってるの？　邪魔しちゃダメよ」

「邪魔？」

　キャサリンが今度は不審な表情になる。

「マコト。まさか、知らないわけじゃないのよね？」

「何を？」

「あなたのダッドと私のモムのことよ」

「――？」

「聞いてないの？　二人は恋人同士なのよ。完全に復活したの！」

真がポカンとなり、それから、ああ、そういうことだったのか……とようやく納得した。

「——あなたって、信じられないくらいに鈍感なのね」

キャサリンが目を大きく開いて、まじまじと真を見た。

マイケルがチームに匂わせたことは、本当だった。

アイルランドとエストニアの両政府が、世界に向け次の共同発表を行ったのだ。
◆エストニア政府と協力し、アイルランドも国家の機能をサイバー空間に移す。
◆その最初のステップとして、アイルランド政府も世界に向けe−レジデンシー制度を開始する。
◆両国の制度は共通で互換性があり、どちらか一方の国で登録をすれば、自動的に両国の仮想住民として認められる。
発表には、今後の構想も含まれていた。

⑨

◆共通のe―レジデンシー制度をベースに、両政府はさらに、「世界市民コミュニティー」をサイバー空間に創設し、一ヶ月後から共同で運用を開始する。
◆「世界市民コミュニティー」は、全地球的な電子コミュニティーのプラットフォームとなるもので、国籍によらず、世界の誰もが世界市民として平等に参加できる。
◆「世界市民コミュニティー」への参加は、e―レジデンシー制度を使って登録し、この発表と同時に可能となる。

それだけに留まらなかった。両政府は将来への目標も明らかにした。
◆近い将来、両政府は、「世界市民コミュニティー」に議会・行政・司法の仮想環境とオンライン機能を提供し、サイバー空間における、世界政府の実現を可能にしていく。
◆サイバー空間に移行後、アイルランドとエストニアの両電子国家は、「世界市民コミュニティー」上に実現される世界政府への統合を目指していく。

世界は、大きな驚きをもって発表を受け止めた。

その中で、否定的見解を即座に表明したのが、大ユーラシア連合の大華国とロストア国だった。世界市民コミュニティーは既存の世界秩序への無謀で意味のない挑戦である、と両国は声を合わせて非難した。

アメリカ政府は反対こそ表明しなかったが、積極的な支持も示さなかった。自国の利害への影響を慎重に見極めようとし、日本政府も同様の態度だった。

大多数の国々が様子見の姿勢でいる中で、エストニアに近いバルト海沿岸の数カ国が、強い賛同を表明した。

その日、奥本賢とパトリシア・ハートは、リフィー川沿いの桟橋にあるベンチに並んで座っていた。ここで恋人同士に戻ってから、二人が落ち合う場所になっている。

「今日は、日中を通して晴天だそうよ。ダブリンではめずらしいわね」

天気の予報をパトリシアが奥本に告げた。少し先の遊覧ボートの乗り場に観光客の長い列ができている。

「こんな穏やかな日でも、世界はめまぐるしく動いているわね」

「世界市民コミュニティーのことかい？」

奥本が察した。

「ええ。私は大賛成だわ。国家なんて過去の遺物よ」

視線を川面から離し、パトリシアが決然とした口調で述べる。

「ケン。私ね、アイルランドに移住しようと考えているの」

それに続いた言葉に、さすがに奥本は驚いた。

「それはまた、どうしてだい？」

「こちらに来てから、そう考えるようになったの。ボストンは確かに暮らすにはいい場所だけど、でも、何て言えばいいのかしら——」

パトリシアが言葉を選んだ。

「あの国にいるとね……精神がなぜか、落ち着かないのよ」

「落ち着かない？」

「ええ。国の力は強大でも、そのことにしがみついていると感じるの」

彼女の言いたいことが、奥本にも分かる気がした。

「言われてみれば同感だな。今回のことでも、アイルランドやエストニアのような小国のほうがむしろ、未来を向いている」

発表のあった世界市民コミュニティーについて奥本はあらためて考えてみた。

両政府の意図は明らか過ぎるほどだった。もともと国境の存在しないサイバー空間が現実となったことで、国家の枠そのものを取り払い、人類が「国民」から「世界市民」へと進化するプラットフォームを提供しようとしているのだ。

「私も、キャサリンに教えてもらってね、e－レジデンシーに登録したのよ」

「こっちも同じさ。真が教えてくれた」

二人はスマートフォンを出し、たがいのデジタルＩＤを見せ合った。

「ところで、キャサリンはここでの任務が済んだらボストンに戻るのだろう？　君と離れて暮らすことに？」

奥本が話を移住のことに戻した。

「いいえ、キャサリンも移る気でいるのよ。こっちがすっかり気に入ったみたい」

「ボストンでの仕事はどうするのだい？」

「ＩＣＴ社の仕事をこちらで続けられるそうなの。ダブリンに現地法人があって、ボストンと姉妹のソフトウェア研究所もあるからって」

「君の仕事は？」

「いましているのは単なるボランティアよ。私でなければ困るということはないわ。こちらに来て、また探すつもり」

9

「母と娘で先祖の地に帰還というわけだな」

「そうなるわね」

奥本まで感慨深い気持ちになった。

「それはそうと、ケン。アンネマリーはどうしていて？」

パトリシアが話題を変える。

「このところ会っていなかったが、きのうになって、引っ越しを手伝ってくれと連絡があった」

「引っ越しをするの？」

「アパートを替えると言っていた。それ以上の説明はなかったよ」

だが何か理由がある、と奥本には思えた。

「彼女のことが、気になるのかい？」

「ええ。三人で森の中の修道院を訪ねた日のことが……私ね、どうしても頭から離れないの。フェアリー・リングで天を仰いだあと、彼女が急に落ち込んでしまったでしょう？」

奥本も、それは同じ思いだった。アンネマリーの運命を予見するようなことがあったのだろうか？

「それと、ケン。彼女はきっと、あなたのことを特別に思っているわ」

「特別に、と言うのは？」

奥本は意味が分からない。

「うまく言葉にできないけれど、あなたへの信頼と言えば近いかしら……私は母親だから分かるの」

奥本はまだよく理解できなかった。

「何よりも、私たちにとってアンネマリーは特別よ。二人を結び合わせてくれた妖精だもの」

感謝を浮かべたパトリシアの眼にまだ懸念の色があった。


アイルランドとエストニア両政府がひそかに危惧していたのが、世界市民コミュニティーに対するウラディミールの反応だった。サイバー空間のアナーキストというその信条と、真正面にぶつかるものだからだ。

恐れはすぐに現実となり、ウラディミールが両国も標的にして、サイバー戦を行うと宣言した。

両政府はどちらも深刻に受け止めた。これまでの攻撃を考えれば、どんな被害をもたらすか分からない。大華国やロストア国のような大国でさえ、攻撃を受けながらいまだ充分に解明も防御もできていなかった。

アイルランド政府が急遽、公共のインフラ施設と政府機関の防御を強化することにした。

トリニティ・カレッジの合成生物学研究所が最優先対象の一つとなり、マイケル・オサリバンが対策チームの責任者になった。

マイケルが頼りと考えたのが、ポール・ファレルだった。量子コンピュータ導入のプロジェクトでポールが見せたプログラミングの才能に、マイケルは驚嘆していた。数理全般にも並外れて優秀で、そこにＩＣＴ社から支援に来ているキャサリン・マクレガーも加えれば、大きな助けになると期待が持てた。

マイケルはエストニア政府とも、この問題で密に関わっている。エストニアにあるサイバー防衛協力センターから、ウラディミールが行った攻撃の調査結果も得ていた。

「ポールにキャサリン。マイケルが相談したいことがあるらしいよ。オフィスに来てほしいと言っている」

マイケルの依頼を受けて、真がセクション・ルームにいる二人に伝えた。

ＡＩのハミルトンを量子コンピュータに移植する作業が完了し、ポールとキャサリンはこのところ落ち着いている。

マイケルと彼の部下三人が、オフィスで待っていた。

「二人とも時間を取らせてすまないが、ウラディミールがアイルランドとエストニアにサイバー攻撃を宣言したのは知ってるな？　政府が重要施設の防御を急ぎ強化することを決めて、合成生物学研究所が最優先の一つに指定された。対策を講じるのに、二人にも助けてほしい」

マイケルが難しい顔を崩さずに告げた。

「そう言われても、手がかりが何もなしでは困るだろうから、ウラディミールのこれまでの攻撃を調査した結果を、エストニアにある専門機関から得ている。ただ、それがな――」

マイケルがさらに難しい顔になった。

「プログラムが不正に改変されたのだが、あまりにも巧妙なのだ。システムが正常に動いていると見せて安心させ、実はとんでもない結果に至る。システムの内部設計を知り尽くした上で、知らぬ間に改変してしまっている」

「プログラムの設計情報を盗んで改変したということ？」

キャサリンが質問した。

9

「それが、その可能性がないのだ。どんな手段でそんな改変ができたのか、まったく分からない」

キャサリンも困惑の色を浮かべる。

「それで、とりあえずの対策だが、外部から不正なアクセスがあった瞬間に検知して、システムを停止するようにしたい。ウラディミールがいつ攻撃を仕掛けてくるか分からないからな。研究中のデータを失うわけにはいかないので、もちろんバックアップを取った上でだ」

「超高速の量子コンピュータだから、検知と同時にバックアップを取れば充分間に合うわけね」

キャサリンが意図を理解した。

「さすがだな。攻撃は既存のサーバーから行われている。量子コンピュータなら桁違いに速いので、バックアップを取ってから停止しても充分な余裕がある」

「――必要なのは、不正なアクセスを検知すると同時に、ＡＩのハミルトンも瞬時にバックアップを開始することね」

キャサリンは頭の回転が速い。

「その通りだ。それが難しい。ハミルトンは大西洋をはさんで遠く離れたボストンの量子コンピュータで動いているからな」

マイケルが部下の三人に視線を向けた。みな困り果てた顔をしている。

その様子を見ていたポールの頭に閃くものがあった。アンネマリーと最初に会って、瞬時に状態を伝える量子のもつれについて説明したときのことだ。「銀河の両端にいても？」と質問した彼女の言葉が、強い印象となって残っている。

「マイケル。それなら量子のもつれが使えるよ」

ポールが声を上げた。

「量子のもつれ？」

「うん。もつれ合った量子はたがいの状態を瞬時に伝えるから、この研究所とボストンの量子コンピュータを、量子のもつれを使って連動させればいい」

マイケルも彼の部下たちも理解できず、不審そうな顔になった。

「私、ＩＣＴ社が量子のもつれをコンピュータに応用しようと研究してるって、以前に聞いた覚えがあるわ」

キャサリンが述べた。彼女は多少とも理解している。

「僕のいるコンピュータ・サイエンス学科に、レーザー光を使って量子のもつれを連続的に発生させる装置がある。それが利用できるよ」

ポールがつけ加えた。

「ポール。どうやるのか、もう少し具体的に教えてくれないか？」

マイケルが頼んだ。

「その実験装置から、もつれた状態のレーザー光が連続して発生する。それを二本に分割して、一本をボストンの量子コンピュータに送り、もう一本は研究所内で無限に反射を繰り返させておくんだ」

「ボストンには、ＩＣＴ社の専用通信衛星で送ればいいのね？」

キャサリンが確認する。

「そうだよ。研究所のほうは、外部からの不正なアクセスによるノイズで量子の状態が変わるようにしておく。そうすればボストンの量子コンピュータで動いているＡＩのハミルトンが、変化を同時に検知するはずだ」

「俺には、まだよく理解できんが、とにかく大学と相談してみよう。ＩＣＴ社にも連絡して検討を依頼する」

マイケルが、ともかくポールのアイデアに乗ろうと決めた。

「──ところで、ＢＳＬ４施設にも実験室があるのよね。そこはだいじょうぶなの？」

キャサリンが気づいて、マイケルに尋ねる。

「心配ないはずだ。ＢＳＬ４施設は外部から完全に隔離されている。施設内で使っているコンピュータも、外のネットワークから遮断された閉鎖システムだ。外部につながっているのは実験室のスクリーン端末だけで、それはＡＩのハミルトンで制御されている」

キャサリンが納得すると、マイケルが二人に今後も助けてくれるよう頼んだ。

別の日、奥本はアンネマリーの引っ越しを助けることになった。

これまでも何度か引っ越したことがあるらしく、彼女は慣れている様子だった。

移る先は、オコンネル橋からリフィー川に沿って港へと向かう方角にあり、トリニティ・カレッジとは歩いて通える距離だという。

荷物の運搬を事前に業者に頼んでいて、二人は手ぶらで散歩を楽しむふうに川沿いの道を進んだ。

港に近い川の両岸の道路は「通り」ではなく、昔のまま「岸」と呼ばれている。周辺には灰と煤にまみれた古い工場や旧式のドックが残り、そこに再開発によるモダンなデザインのオフィスビルが混在して、どこかちぐはぐな印象を与える。

到着すると、アンネマリーがさっそく家主を奥本に紹介した。好々爺という言葉その

9

ままの老人だ。

「こんな古アパートをな、孫みたいな若い娘が借りてくれるのじゃよ。ありがたいこっちゃ」

家主があいさつ代わりにそう口にして、相好を崩した。話し好きらしく、そのまま身の上話を語り始める。

もとは船の修理用の小規模なドックを代々営んでいたという。家主も十年ほど前まで続けていたが、いまは廃業して引退の身だ。ほかに代々所有の数棟のアパートがあるので、そこからの家賃収入で暮らしには困らないらしい。

ひとしきり話したあとで、家主がアパートの鍵束を持ってアンネマリーと奥本を案内した。

家主の住居から少し離れた広い敷地に、同じ造りの四棟のアパートが建っていた。全体が高い垣根で囲まれ、近隣のくすんだ風景もあまり気にならない。

建てられたのはもう何十年も昔だという。それでも趣があり、古色蒼然という表現がピッタリだ。

「わしから四、五代前の主が建てたのじゃよ。なかなかの人物じゃったらしく、近くの造船所や工場で働く貧しい労働者たちが相手でも安普請をせず、しっかりした造りにしたのじゃ」

家主の言葉通りに、外壁のレンガの色はくすんでいても、全体の造りは頑丈そうに見えた。四棟とも二階建ての正方形で、一、二階が四組の居住者用に同じ十字型に分けられている。

一階正面の出入口から入ると、中央の階段横に小さな共用ホールがあり、家主がそこに引っ越し荷物をまとめて置いてくれていた。

アンネマリーの住居は二階の南西の角で、家主が彼女に鍵を渡し、その足で去っていった。

階段を上がって中に入ると、当時のままの間取りでさすがに狭い。居間と寝室、キッチン付きの食事部屋など、どれもこぢんまりとしているが、一人で住むなら充分過ぎる部屋数だ。

「でしょう？　でもね、大学近くの一部屋のアパートなんかより家賃が安いのよ」

アンネマリーが満足そうに口にした。

彼女がここを契約したのには、実は理由があった。家賃が安いことは絶対条件だったが、ＤＩＡＳの創設当時に建てられた物件を探したのだ。するとダブリンでも古くからの地区になるこの場所に、家主の老人が所有する数棟があった。しかもこの一棟は、建

9

てられた当初から職業を持つ独身女性や夫を亡くした寡婦向けのものだったという。アンネマリーに閃くものがあった。

奥本が手伝って下のホールから荷物を運んだが、大した手間ではなかった。荷物の半分以上は本で、それはアンネマリーが運び、折りたたみ式のベッドと家具を奥本が運んだ。テーブルや机や椅子はみな小さな物ばかりだった。

整理を終え、二人はまた家主の老人のもとへ戻った。

「ねえ、家主さん」

「ボブと呼んでくれ」

アンネマリーが声をかけると、老人が楽しげに返した。

「じゃあ、ボブおじさんって呼ぶね。アパートが建てられた当時のことが分かるものって、何かある？」

アンネマリーが訊いた。

「住人の記録ってことかい？」

「それがあればいいけど、何でもいいの」

「記録はないが、古い写真ならあるよ」

アンネマリーの表情が変わった。

「いや、特別なものじゃありゃせんよ。当時の住人たちの生活を写した捨ててもいいようなものばかりなのじゃが、どうも申し訳ない気がしてな」

「お願い！　見せてもらえる？」

アンネマリーが大きく叫ぶと、家主のほうがギョッと驚いた。

「かまわんさ。取ってくるから、少し待っていてくれ」

奥にある階段を使って家主が二階へ上がり、しばらくして少し大きな紙箱を手に戻ってきた。それをテーブルの上に置くとアンネマリーを呼んだ。

「整理も何もしておらんが、好きに見ていいさ」

いかにも古い大小の白黒写真が無造作に積まれていた。まとめて紐で束ねられているのもあれば、一枚だけのものも多い。

ほとんどが、当時のアパートの住人を写したスナップ写真だった。家族全員で写したものが多く、あとは一家の主人らしい働き盛りの男性で、女性だけのものは少ない。

一枚の写真が——アンネマリーの目を引いた。

屋外にある大きな木製の長テーブルを囲んで、七、八人ほどの女性が席に着き、いっしょにこちらを向いて微笑んでいる。背後にさっきのアパートの建物が見え、テーブル上にティーセットが置かれていることから、どうやら婦人向けアパートの住人たちが集まって茶会を楽しんでいるらしい。

「ケン。あの女の人よ」

アンネマリーが奥本に指で示した。

見た瞬間、奥本も視線を奪われた。集合写真のため一人一人の顔は大きく写っていないが、その女性だけが東洋系の顔立ちをして、左右に女の子と男の子がいっしょにいる。DIASで見た写真に写っていた女性であるのは間違いなかった。二人の子供はさらに成長し、男の子も自分の足で立っている。

アンネマリーがすばやく写真を裏返した。それぞれの人物の裏側に一人一人の名前が手書きで書かれている。

Paul
Akiko
Annemarie

三人の名前はそうなっていた。

「ケン。アキコというのは日本人の名前よね？」

「ああ。女性の、よくある名だ」

アンネマリーがまた魔法でも使ったのかと奥本は驚きを禁じ得なかった。それがアパートをここに決めた理由だったのだろう。

「ポールとあたしはやっぱり……もつれた量子なんだわ」

アンネマリーがつぶやいた。

奥本は、ドロヘダの森のフェアリー・リング以来、ずっと自分の心の懸念となっていた彼女の眼の憂いの色が、いまは消えていることに気づいた。

過去－3（一九四二－一九四五年）

佐久間章子が娘のアンネマリーとともにダブリンに戻ってから、半年ほどが過ぎた。シュレーディンガー博士の子供を持ったことで、章子もようやくエルヴィンと、ファーストネームで博士を呼ぶようになっていた。もちろん二人だけのときのみで、他人のいる場合はシュレーディンガー博士と敬称を用いる。ただ、そのような第三者を交えた場で章子が博士と会うのは、このごろは皆無と言ってもよかった。

ケルト語の文献の日本語への再訳は、アンネマリーの面倒を見ながら一人でやれる仕事で、アパートでの一日の時間の大半をその作業に当てるようになった。そのため日常の小さな用事以外に、章子が外出することはごく稀になった。

博士はこれまでと同様に、アパートを週に何度か訪れる。

その日も、ＤＩＡＳでの研究を終えたあとに自転車でやって来た。

すやすやと眠り込んでいる幼いアンネマリーの寝顔をしばらく眺めてから、博士が開口一番に告げた。

「いよいよ――、第一回のコロキアムを開催することになった」

口ぶりがいつになく高揚している。

コロキアムはＤＩＡＳの最重要行事として、シュレーディンガー博士が定期的な開催を意図していたものだった。それがようやく実現するという。

「五十名以上の科学者が一堂に会して討論を行う。さぞ盛大なものになるだろう」

自身の晴れ舞台ともなるだけに、それを伝える博士はすこぶる上機嫌だった。

「開催は来月の後半だ。十日間の期間中に重要なテーマで特別講義も計画しているが、その講師にポール・ディラックを招待しようと考えている」

章子が初めて聞く名前だった。

「ポールは、ケンブリッジ大学の理論物理学の教授だ。一九三三年のノーベル物理学賞をいっしょに受賞している。私の親しい友人でもある」

博士がそう教えた。

「実は、ポールがＤＩＡＳに移ってくるよう願っているのだ。ケンブリッジでは戦争のため、食料の確保にも苦労しているらしい。今日のＤＩＡＳの理事会でデ・ヴァレラ首相に伝えたところ、首相自身もコロキアムに参加してくれることになった」

どうだ、と言わんばかりの口調になっている。

博士がそこで、考える表情になって章子を見た。

「ポールは間違いなく、百年に一人出るか出ないかの天才だ。彼が導き出した電子の方程式の数学的美しさは比類がない。デ・ヴァレラ首相が英雄と仰ぐ、大数学者のハミルトンにも匹敵する才能だろう。その遺伝子をアイルランドに広めるまたとないチャンスだ」

博士が最後に言ったことの意味が、章子には分からなかった。

「ポールは家族の同伴なしに独りでダブリンにやって来る。妊娠中の奥さんがちょうど出産を控えているのだ。コロキアムの期間を含めて、こちらに一ヶ月以上滞在する」

博士が目論むような笑みを浮かべて、視線をじっと章子に注いだ。

「それが……わたくしと何か？」

「アキコ、ポール・ディラックの子を、君が産むのだ」

章子は耳を疑った。心底からの驚きで、口をぽかんと開いたまま博士を見つめる。

「エルヴィン、いったい何を……言っているのです？」

ようやく、そう口に出した。

「まさか、嫌ではないだろう？」

意外だという口調で博士が訊く。本気で考えているのだ——。

章子はたちまち混乱してしまい、悲しみと憤慨と不安で心がまぜこぜになった。遺伝子のバラマキ女……そんな言葉が頭に浮かぶ。

「そんなことが……できるわけがありません」

怒りの気持ちがまさって、強い口調で言葉を返した。

「なぜだ？」

博士が問い詰める。

「不倫や不道徳といったくだらぬ考えを……まだ引きずっているのか？」

博士のほうが呆れたという顔になり、章子はまた言葉に詰まった。

「アキコ、よく考えるのだ。私の場合と何が違う？」

「——？」

「よいか、未婚のまま子を産んで育てるなら、父親を一人に限る理由も必要もない。今世紀の物理学の二人の天才、エルヴィン・シュレーディンガーとポール・ディラックをそれぞれ父親に、堂々と二人の子供を持てばよいのだ。社会のくだらぬ通念などに縛られてはならない」

「その……ポール・ディラックという相手の方が……そんなことを受け入れるはずがあ

りません」

かすれたような声になって、章子はようやく言い返した。

「私が説得する。ポールはどこまでも論理的に物事を考える男だ。分かるに違いない」

博士は自信満々だった。

七月下旬になって、ポール・ディラックがダブリンにやって来た。ＤＩＡＳ主催のコロキアムで特別講義を行い、そこにはデ・ヴァレラ首相も出席して熱心にメモを取った。コロキアムのあとも滞在を続け、本人が登山や野外の活動を好んでいたこともあり、シュレーディンガー博士と二人でアイルランドの夏を楽しんだ。

その二人だけの期間に、シュレーディンガー博士が章子の事情を話した。結婚は望まないが子供を産み育てたい希望でいることを伝え、博士も章子との間に子をもうけた事実を打ち明けた。

章子は、時間をかけて説得するまでもなくポール・ディラックが納得したと、博士から結果を知らされた。そして本人がダブリンを去る前に、そのような機会を与えられた。

翌年の五月に、佐久間章子は二人目の子供を産んだ。

デ・ヴァレラ首相がこのときも手配をしてくれ、ドロヘダの修道院にある看護施設で不安なく出産することができた。

男の子で、名前をポールとした。

シュレーディンガー博士はわがことのように喜んだ。章子のアパートにやって来ると、幼いアンネマリーの相手をしながら、赤ん坊のポールの寝顔を満足そうに眺める。

博士は、章子が出産した事実を相手のディラックに知らせなかった。彼女が一人で育てようとして、連絡を望んでいないと知っていたからだ。

章子本人にも異論はなかった。もともとその覚悟でいたのだ。


息子のポールが生まれ、三ヶ月ほど経ったころに、デ・ヴァレラ首相から佐久間章子に連絡があった。メリオン広場近くの官邸で会いたいので、日時を決めてほしいという。時間はそれほど取らないが、娘のアンネマリーと息子のポールを同伴するようにとあった。

面会の当日、章子はふだんめったに着ない外出用の白のドレスを着用し、二人の子供にも正装をさせた。もうすぐ二歳になるアンネマリーは一人で歩くことができるが、ポールはだっこ紐を使いドレスの上から抱いていくしかない。首相が親切に自動車を回してくれたので、それほど苦労せず官邸に赴くことができた。

制服姿の案内係に先導されて官邸内の一室で待っていると、デ・ヴァレラ首相が一人で部屋に入ってきた。

「わざわざ呼び出してしまい、迷惑でなかったのならよいのだが」

「いいえ、とんでもありません」

章子が恐縮して答えると、首相が子供たちに視線を注いだ。

「――さすがに、二人とも利発そうだ」

そう口にして、軽く笑みを浮かべる。子供たちの父親が誰かもちろん知っているのだ。

「ここは、写真の撮影などで使う部屋なのだ。少々殺風景で申し訳ないが」

「写真を撮るのでしょうか？」

章子には意外だった。

「あくまで個人的なものとしてだが、四人の記念写真を撮っておきたいと思ったのだよ。二枚撮って、一枚をあなたに差し上げよう。もう一枚は私が持っておくことにする」

そうと知らされていなかった章子は、正装で来たことに安堵した。首相が記念写真を思いついた理由は分からない。

「すぐに、写真を撮る係の者たちがやって来る。その前に、これを渡しておきたい」

デ・ヴァレラ首相が胸の内ポケットから、同じ二つの小さな箱を取り出した。

「二人の子供へ、私からのプレゼントだ」

ポールを抱いている章子のために、首相が箱を開け中を見せてくれた。

四角にカットされた、緑色をしたペンダントだった。首に掛けるためなのだろう、銀と思える鎖が付いていている。

「エメラルドだ。緑色はアイルランドの象徴だからね」

「こんな貴重で、高価なものを……」

章子はありがたさ以上に、ひどく当惑した。

「気にせず、どうか受けてほしい。この国にもたらされた宝のような二人だ。そのことを祝福しようと、私の個人的な気持ちでしていることだ」

いつもは理知的なデ・ヴァレラ首相の眼が、丸縁の眼鏡の奥で和んだ。

「ただ、二つともまったく同じ形をしている。たがいに区別がつかなくなってしまうので、表面に小さな銀の銘板を埋め込んである。確かめてみるといい」

そう促されて、章子は銘板に視線を凝らした。記号のようなものが刻まれている。

「どちらも物理学の方程式だ。こちらのアンネマリーのほうは、シュレーディンガーの波動方程式の名で呼ばれている。ポールのほうは、ディラック方程式と呼ばれている。それぞれ発見者の名前で呼ばれて、二人の天才物理学者の不滅の業績を表している」

章子は感動で心が震えた。たとえ理解できなくとも、何と喜ばしく名誉なことか——。

数人の者が撮影の道具と器材を携えて部屋に入ってきた。

椅子が二つ配置され、デ・ヴァレラ首相が一つに着席し、紐をほどいてポールを膝の上に両手で抱いた章子がもう一つに座る。二つの椅子の間に、アンネマリーが少しおすまし顔で自分から立った。

撮影を終えて、章子はデ・ヴァレラ首相にていねいに礼を述べ、親子で官邸を辞した。

一週間ほどすると、デ・ヴァレラ首相から個人名で、写真の一枚が包装されて届いた。


章子は、二人の子供の父親が誰か、いっさいを秘密にしようと決めていた。子供たちが成長しても、父親は大変に立派な人であった、とだけ伝えるつもりだった。

ただ、二つのことだけは、固く守るよう約束させる——。

一つは、自分たちが将来結婚し家庭を持ったなら、生まれてくる男の子にはポール、女の子にはアンネマリーと命名し、それを代々受け継いでいくこと。

もう一つは、名前を受け継いだ子が緑のペンダントを家宝として持ち、生涯肌身離さず身につけること。

戦争が終わったら、章子は二人の子供を伴い、日本に里帰りしようと考えていた。

しかし、その実現は叶わなかった。一九四五年の六月五日に、アメリカ軍による神戸大空襲があり、焼夷弾を使った無差別爆撃で実家のあった一帯は焦土と化し、両親も兄も犠牲となったのだ。

佐久間章子は、アイルランドの地に骨を埋めることを決めた。

デ・ヴァレラ首相が記念にと撮影してくれた四人の写真を前に、この二人の子とあとを継ぐ子孫たちが未来において、アイルランドという国に寄与することを心に願いながら。

10

サイバーテロの実行犯ウラディミールに関して、新たな動きがあった。

匿名の告発者から提供された秘密文書が、インターネットの機密情報リークサイトで暴露公開されたのだ。

その内容によると――。

大ユーラシア連合成立前のロストア国で、サイバー攻撃用のＡＩが秘密裡に研究、開発されていた。主導したのはウラディミール・ボスコフ博士という科学者で、開発を終えた直後に消息不明となり、ＡＩのソフトウェア・コードも消失した。そのボスコフ博士こそが、実行犯ウラディミールの正体であり、自らが開発したＡＩを使ってサイバー攻撃を行っているのだという。

文書を提供した告発者も、ＡＩの秘密開発のメンバーだったと推測された。

暴露を受けて、真実を明らかにするよう世界中から迫られたロストア国は、ＡＩの秘密開発については否定した。ただ、ウラディミール・ボスコフ博士なる人物が実在したことは認め、博士は国家への反逆罪により処刑されたと主張し、それ以上のコメントを拒否した。

奥本賢にマイケル・オサリバンから連絡があったのは、そのニュースが流れて間もなくのことだった。

「ケン、元気か？」

「マイケルか？　ああ、元気にしている」

「ずいぶん長くダブリンに滞在しているんだな。まだ、しばらくいるのか？」

「――たぶん、そうなる」

奥本はあいまいに返事し、パトリシア・ハートとのことは黙っていた。

「いや、そのほうが好都合なのさ。実は、折り入って助けてほしいことがある」

マイケルが声を低くした。

「いったい何を？」

⑩

「直接会って話したほうがいい。明日にでも研究所に来られるか？」

「だいじょうぶだ。でも、ずいぶん急だな」

「急ぎの事態が起きてな――」

二人はそれ以上の会話をせず、明日の面会時間を決めた。


翌日、奥本は何日ぶりかで合成生物学研究所を訪れた。

息子の真はその日は研究所に不在で、街の中心から離れたＢＳＬ４施設の実験室に行っていた。

マイケルが落ち着かない様子で待っていた。

「ケン。まだ内密なんだが、エストニア政府からアイルランド政府を通して、研究所に極秘の要請が来た」

さっそく、用件を切り出す。

「極秘の要請？」

「ああ。インターネットのリークサイトで暴露された、ウラディミール・ボスコフ博士のことは聞いているか？　ついこの間のニュースで流れた」

「新聞で読んだよ」

「その密告者と同一人物だろう。博士が残したという二種類の秘密データを、やはり匿名でエストニア政府に送ってきた。世界市民コミュニティーの発表を受けて、頼ってきたのだと思える」

　奥本もさすがに表情を変えた。

「そのコピーがこれだ。それぞれ光ディスクにデジタル・データで記録され、AとBのラベルで区別されている」

　デスクのキャビネットから二枚のディスクを取り出して、マイケルが奥本に見せた。こちらにもAとBのラベルが付いている。

「エストニア政府が調べたところ、データ量が膨大で、ブロックチェーンの技術を使い暗号化されているということだ。博士が自ら開発したAIを使ってそうしたらしい」

「中身が分からない、ということか？」

　奥本が訊いた。

「そうなんだ。エストニア政府が復号を試みたがダメだった。ロストア国も成功していなかったと思える」

　マイケルがじっと奥本を見た。

「では、極秘の要請というのは――」

⑩

「推察の通りさ。研究所のＡＩのハミルトンを使って暗号を外すことだ。エストニアではまだ利用できない量子コンピュータで動いているからな」

「見込みがあるのか？」

「あのポールという若者がいれば可能だろう。知れば知るほど驚くような天才だよ」

「それで、君の頼みというのは？」

奥本が本題に戻した。そんな話で自分が役に立てるとは思えない。

「マコトの研究チームの監督をやってくれないか？　俺はほかの仕事もあって、そこまでとても手が回らない。エストニア政府の要請に急ぎ応じる必要があるが、ほかにも重要な件をいくつか抱えていてな。夢のシャムロックを使った人工細菌の試作も、なるべくなら中断したくない」

そういうことか、と奥本は理解した。

「マコトのチームはみな若いから、お前さんが全体を監督してくれるなら、俺も安心だよ。もちろん報酬は考える。ホテルの滞在費も含めてな」

滞在が長引いているので、奥本も費用のことは気になっていたところだった。

「ケン。それとだな――」

マイケルが厳しい顔になる。

「まず間違いなく、危険が伴う。ウラディミールはすでに、アイルランドとエストニアの両政府を相手にサイバー戦を宣言している。密告者からの秘密データの解明を進めていると知れば、いっそう攻撃を激化させるだろう」

そう、重い口調で続けた。

「……」

マイケルが自分に頼んだのはただの思いつきではない、と奥本にも分かった。断るという選択肢など、奥本には考えられなかった。息子の真にパトリシアの娘のキャサリン、そして二人の仲間を守らなければならないからだ。

マイケルとの面談のあと、奥本はすぐに京都の大学にメールを送り、夏休みが明けてもしばらく聴講を休むと連絡した。

奥本は、パトリシアにだけは事情を打ち明けた。彼女の娘の安全が関わっていることだからだ。

パトリシアも即座に、ダブリン滞在を延ばすと決めた。キャサリンのアパートに同居しているので、居場所には困らない。

マイケルがさっそく、真のチームに事の経緯を説明した。全員が奥本の参加を歓迎してくれた中で、キャサリンは声まで上げて喜んだ。

〈10〉

奥本は、真をはじめチームの全員と相談し、まず当面の分担を決めた。

ポールとキャサリンが、秘密データの暗号を外す復号作業に集中する。

真とトイヴォは、夢のシャムロックの有効成分を分泌する人工細菌の試作を続ける。

場所がそれぞれ、市中の研究所と市街の端にあるＢＳＬ４施設とに分かれているので、それも都合がよかった。

一日の始めに、研究所のセクション・ルームに全員が集まるようにし、奥本が進捗の報告を受け、マイケルなどから得た新たな状況の説明と指示をメンバーに行う。真とトイヴォはそのあとでＢＳＬ４施設内の実験室に向かう、という毎日になった。

仕事が一度に増えたことから、奥本は、夏休みのアルバイトを終えたアンネマリーにチームの助手役を頼むことにした。夢のシャムロックの栽培や実験用のマウスの飼育なら、ＤＮＡの専門知識やプログラミングの技術は必要ない。もともと生き物が好きな彼女はむしろ適役だった。学業を妨げない程度の仕事で、アルバイトに代わる報酬も得られるとあって、アンネマリーは喜んで引き受けた。

朝一番の打ち合わせに、アンネマリーも加わるようになった。

「アンネマリー。緑のペンダントについて、まだ調べているのかい？」

ある日、打ち合わせのあとで奥本が訊いた。

「あたし、もう分かったよ」

「――?」

どう分かったのか奥本に説明はなかったが、どうやら一件落着のようだった。


ポールとキャサリンが暗号の復号作業にさっそく着手した。

ブロックチェーンの暗号を外すには膨大な計算が必要になる。量子コンピュータの能力は絶大だが、それでも効率よく計算するアルゴリズムを工夫して作れるかが、やはり勝負になる。そこはポールの天才的なプログラミングの才能に頼るしかない。

キャサリンが並行して、秘密データの特性を調べる。秘密データAとBがまったく種類が異なると、すぐに突き止めた。

「ポール。データ量がまるで違うわ。Bのほうが断然多いのよ。Aはむしろ少ないくらいね」

キャサリンはそうした解析が得意だ。

「Aはたぶん、文字列のようなコード化されたデータじゃないかしら。Bは間違いなく、画像や音声などのマルチメディア・データね」

二人は、より容易と思える秘密データAの復号化に、まず取り組むことにした。

⑩

キャサリンが、ビット並びの同じパターンに着目して、解析を進める。たとえ暗号化されていても、それらは同一の文字列を表現しているはずで、古代エジプトのロゼッタ石に刻まれた文字の解読のようなものだ。

彼女の解析結果を受けて、ポールがアルゴリズムを考案し、量子コンピュータで計算を続けた結果、一週間もかからずに復号化に成功した。

キャサリンの推測通り、秘密データAの中身はプログラムのソースコードだった。ポールが内容を調べ、秘密裡に開発されたあとに消失したという、サイバー攻撃用AIのプログラムだと分かった。ボスコフ博士自身がこうして残したのだと考えられる。

二人からの報告を受けて、マイケルは興奮を抑えられなかった。

ソースコードはプログラムのいわば詳細な設計図だ。ウラディミールがこのAIを使ってサイバー攻撃を行っているなら、テロに対抗することが可能になる。

ところが、ポールが実際のコードをくわしく追ってみると、これまでにない奇妙な、というか厄介な動き方をするAIプログラムだと判明した。

最初、ポールも理解に苦しんだが、キャサリンと二人でハミルトンを使い、プログラムの動きを何度もシミュレーションして、ようやく全貌がつかめてきた。

それを、マイケルと奥本に伝えた。

「マイケル、それにケン。このＡＩプログラムは、無限に増殖するアメーバのように振る舞うんだ」

「アメーバだと？　どういうことだ？」

マイケルが問い返すと、ポールがキャサリンに眼で合図をした。

「私から説明するわね。このＡＩプログラムは、自分で分裂と複製を繰り返しながら、ネットワーク内の不特定多数のサーバーに広がっていくの。分裂したあとのプログラム同士が連絡を保って、連携して動くようにも作られているわ」

「――ということは」

マイケルが意味するところを理解した。

「そうなの、このＡＩが実行されているサーバーを特定できないのよ。というか、どのサーバーからでも攻撃ができるから、特定しても意味がないわ。サーバーの集まるネットワーク全体に寄生した、巨大なアメーバのようなものよ」

「それで……だったのか」

マイケルが悲痛に近い顔を見せる。

「前にも話したが、エストニアにあるサイバー防衛協力センターが、ウラディミールの攻撃を解析した。攻撃経路を起点まで追跡し、それが大華国のネットワーク内にあることまでは分かったが、サーバー自体をどうしても特定できなかった。攻撃の度に変わっていたからだ」

「――だが、それなら大華国だけでなく、世界中のサーバーに広がってしまうのでは？」

奥本が頭に浮かんだ疑問を口にした。

「いや、ケン。大華国は他国との間に万里の長城のような電子障壁を築いている。この攻撃用の秘密ＡＩはそれが理由で、大華国のネットワーク内に留まっているのだ。むしろそれを逆手に取って、ウラディミールが外部の攻撃からＡＩを守っているのかもしれない」

マイケルが説明する。

「ところで、増殖していくサーバーの数に制限があるのか？」

続けて、そう質問した。

「ソースコードを解析した限りでは、そうした制限はないわ」

キャサリンが答える。

「それじゃ、大華国のネットワーク内のサーバーは――」

マイケルは最後まで言えなかった。

「もう間違いなく、ウラディミールの思うままに使われているよ」

ポールが断言した。

「何てことだ！　大華国にあるサーバーの数は一千万台以上だぞ。自らが築いた巨大な電子障壁の中で、アメーバの化け物のようなウイルスに感染したというのか？」

マイケルが愕然となる。

「そんな状態でも、国の機能が保たれているのは……どうしてだろう？」

奥本がまた疑問を口にした。

「ケン。どれほど多数に増殖しても、寄生されたサーバーは宿主として使われるだけだから、そのまま正常に動いている。攻撃に使うミサイルの発射台のようなものだよ」

ポールが教えてくれる。

全員が、しばらく黙り込んだ。

「――いや、ポールにキャサリン。たった一週間で、よくここまで解明してくれた。このあとどうするかは俺のほうで考える。ところで、もう一つの秘密データBのほうは、どうだ？」

「これからよ。ポールと全力で取り組むわ」

キャサリンが応じる。

⑩

暗号が外された秘密データAと解明の結果が、マイケル・オサリバンの手でアイルランド政府に渡された。アイルランド政府からさらにエストニア政府に返され、首都のタリンにあるサイバー防衛協力センターの専門家が、さらに詳細な解析を行うことになった。

秘密データAがまず解明されたところで、キャサリンが一時ボストンに行くことになった。ポールが発案した量子のもつれを利用するアイデアを具体化するため、マイケルの求めで彼の部下に同行し、ＩＣＴ社のエンジニアたちと技術的打ち合わせをすることになったのだ。

その間も、ポールは休むことなく一人で、秘密データBの暗号外しを続ける。

とは言っても、手がかりが何もなく、暗闇を手探りで進むに等しい状態だった。

それでも、キャサリンが出発前に出してくれたデータBの解析結果が、一つのヒントになりそうだった。頻度が低いながらも特定の長いビットの並びが繰り返し現れ、その出現の周期に規則的なズレがあるという。

ポールが推測したのは、Bが巨大な一つのデータではなく、同じサイズのブロックの集合体だろうということだった。それらが一本の鎖のようにつながり、ブロックのつなぎ目ごとに、そこまでの累積に対してブロックチェーンで暗号化されている。

ポールはまた、ボスコフ博士が自ら開発したＡＩを使って暗号化したことに着目した。ならばこちらも研究所のハミルトンを使い、キャサリンが見つけた周期パターンのズレから逆算させてみる。多数のブロックを鎖のようにつなげる並べ方は天文学的な数だが、その中で暗号強度が最大となる並べ方を導き出す。ＡＩ同士の知恵比べだ。

方針を決めるとさっそく、ポールはアルゴリズムのプログラミングに取りかかった。


アンネマリーは、通常ならＢＳＬ４施設内の実験室で、真とトイヴォの作業を助けている。

だが、近ごろは時間を見て研究所にも顔を出すようになった。ポールは没頭すると昼夜の別なく時間を忘れてしまい、休憩どころか食事まで抜くことがしばしばで、それを心配してのことだった。いまは彼女にも専用のテーブルが、セクション・ルーム入口のすぐ横に与えられている。

その日は、監督役の奥本が私用で早めに退出するので、アンネマリーもいつもより早くやって来た。修道院の薬草園の土を使って夢のシャムロックを植えた小さなプランターと、小型の電気ポットを持ち込んで、自席のテーブルの上に置いた。葉を煎じた

⑩

ハーブティーをポールに飲ませるためだ。

「本当だ。頭が不思議なくらいに……スッキリしたよ」

ポールが驚いて口にする。

「いい？　あたしがいなくても自分で休憩を取って、これを煎じて飲むのよ」

そう注意を与え、彼女も自席で飲みながら宗教学の本を開いた。

アンネマリーが来てから、二時間が経った。

「ポール。そろそろ切り上げる？」

スマートフォンで時刻を確かめ本を置くと、スクリーン端末に向かっているポールに呼びかけた。

「いや、まだ続けるよ。もうすぐプログラムを作り終えるから、ハミルトンに実行させて、暗号が外せるか今夜のうちに試したい」

「そうなのね」

アンネマリーは納得するしかなかった。ポールの身体が心配でも、邪魔をするわけにはいかない。

「分かったわ。ポールとあたしは……もつれた量子だものね」

ポールがスクリーンから不思議そうにこちらに顔を向けた。アンネマリーの口にしたることの意味が分からなかったのだ。彼女はいつの間にか緑のペンダントを手に握っている。

「ポールがいればきっと世界を救えるよ」

ポール本人には少しも分からない。

「じゃあ、あたしはこれで帰る。このハーブティーを忘れずにまた飲むのよ。結果を知りたいから、あしたは朝早くから来るね」

アンネマリーが席を立ち、そう言葉を残してセクション・ルームを去った。

彼女の姿がセキュリティー扉の反対側に消えると、ポールは心にポッカリ穴が空いたような気持ちになった。

それを埋めるように、自分でもTシャツの内側から緑のペンダントを出して握ってみる。手を開いて小さな銘板を眺めたが、由来は謎のままだ。なぜここに、ディラックの方程式が刻まれているのだろう？　何かのヒントなのだろうか。

気を取り直して、ふたたびスクリーン端末に向かい精神を集中する。

頭がフル回転の状態で、アンネマリーの注意も忘れて休みなく続け、プログラムを作り終えたのは真夜中過ぎだった。

ようやく休息を取り、思い出してハーブティーを作って飲んだ。

10

いよいよ、秘密データBの復号化を試すことにする。

ＡＩのハミルトンに指示してプログラムの実行が始まると、スクリーン端末の画面にモザイク模様が現れ、不規則に動き始めた。暗号を外すことに成功すれば、その瞬間に、この無意味なモザイク模様が消えるはずだ。

ポールは、疲労で重くなった頭をテーブル上に組んだ両腕に乗せた。その姿勢で画面下の帯グラフを眺める。計算の進捗状況がそこに表示されるようにしているが、時間がどれだけかかるかはアルゴリズムの出来いかんだ。いまの時点では推測できず、こうして待つしかない……。

いつの間にか、ポールは深い暗黒の中にいた。

研究所の中なのか、どこかほかの場所にいるのか、分からない。

闇だけの世界の先に、緑色に光るものが見える。

あれはアンネマリーのペンダントだ、ポールは気づいて近づこうとした。

ところが、距離がいっこうに縮まらない。

不意に、あたり全体を包んで光の爆発があり、消えると無数の星が出現した。

宇宙のどこかに運ばれて来たのか、とポールは不思議な気持ちになった。

見上げると、天の川がくっきりと横たわっている。

その流れの端に、さっきの緑色の光が輝いて見えた。

あんな遠くじゃ行くことができない、とポールは悲しくなった。

すると、どこからか、アンネマリーの声が響いた。

ポール、どんなに離れていたって、あたしたち瞬時に感じ合えるのよ。

だって二人は、この宇宙の中のもつれた量子だもの。

銀河の両端にいても伝え合えるって、ポールが教えてくれたじゃない。

いつの間にか、ポールの首に掛かる緑色ペンダントも、見たこともないような輝きを放っている。


「ポール、起きて。ねえ、起きるのよ」

頭の中の遠くで……アンネマリーの声がした。

不明瞭な意識のままポールが顔を上げると、緑色の大きな瞳がのぞき込むように見ている。

アンネマリーが朝早くやって来たのだ。

うっかり眠り込んでしまっていた、とポールはようやく気づいた。夢の中でもアンネ

10

マリーの声を聞いた気がするが……思い出せない。

「ここで眠ってしまったのね。すぐに熱いハーブティーを淹れてあげるよ」

アンネマリーが自席で手際よく湯を沸かし始める。

ポールは急いで上体を起こし、目の前の画面に視線を向けた。

モザイク模様がまだ不規則な動きを続けているが、帯グラフは百パーセント近くにまで達している。計算用のアルゴリズムの出来がよかったのだ、とポールはうれしくなった。

「うまくいったの？」

アンネマリーが戻ってカップをポールに渡し、さっそく尋ねた。

「もうすぐ分かるよ」

まさに、その瞬間だった。グラフの表示が百パーセントに達し、無意味なモザイク模様の動きが停止したと思うと、きれいに整列した長方形のブロック群へと変わった。

「アンネマリー、きっと成功だ！」

ポールの予想は見事に当たっていた。

秘密データBは単体ではなく、膨大な数のデータ・ファイルが一本の長い鎖のようにつながっている、ビッグデータだった。ファイルのサイズがみな同じで、順に番号が付けられている。

「キャサリンの推測通りだ。それぞれのデータ・ファイルの中身は圧縮された動画だよ。開いて内容を見てみる」

ポールが最初のファイルの動画を解凍し、ハミルトンを使って再生した。

画面に流れ始めたのは、実画ではなく精巧に作られた仮想現実の動画だった。高精細のグラフィックスによる驚くほど鮮明な画像で、実世界を見ているような感覚になる。

――が、ものの一分もしないうちにポールは慄然となり、たちまち目をそむけた。恐怖のどん底に突き落とされ、身体がブルブル震えそうになる。

「――これって」

ポールが横のアンネマリーを見上げた。

アンネマリーはそのまま凝視し続ける。

おぞましいとしか言いようのない最初の動画が終わったところで、ポールは再生を停止した。時間にして、ちょうど十分だ。

「どうしよう？　僕はもう正視できないよ」

「ポール。あたしが見るから続けるのよ」

次の動画は一転して、奇妙なものだった。人間の脳の神経回路の動きをトレースしたように見える。こちらもピッタリ十分間で、すぐ前の仮想現実の動画と対になっているようだ。

アンネマリーが、続く二番目のファイルをポールに再生させた。ストーリーの異なる動画だが、身震いするほどおぞましい内容なのは同じだ。神経回路をトレースしたような動画がこれにも付いている。

秘密データBは、そんなおぞましい内容の動画を膨大に集めたものだった。

そこに、奥本とマイケルが二人連れ立って現れた。専用エレベーターでちょうど乗り合わせたのだ。

ポールが秘密データBの暗号外しに成功したとアンネマリーが近寄って伝えると、二人は飛ぶようにしてやって来た。

「ポール、よくやったぞ！」

マイケルが喜色満面で声をかけたが、ポールは憮然としたままだ。

「おい、これは何だ！」

最初の動画を見たマイケルが叫び、奥本も驚愕した。

二番目、三番目、そして四番目と……仮想現実のシナリオの設定は異なっても、十分間で完結するおぞましいストーリーであるのはみな同じで、そんな動画ファイルが数にして百万個もあった。

憎悪、嫉妬、奸計、裏切り、詐欺、謀略、窃盗、殺人、リンチ、略奪、破壊、戦争、大量虐殺――と、ありとあらゆる人間の邪悪な行為が、これでもか、これでもかと言わんばかりに、次々と繰り広げられる。

あまりに不気味で、そしてどうにも不可解だ。

「――何とも恐ろしい内容ばかりだ。こんなものを大量に仮想現実にして……いったい何を表そうとしたんだ？」

奥本が圧倒されて口にした。

「ケン、悪意だよ……」

すると、すぐ横にいたアンネマリーがポツリとつぶやいた。

緑色の瞳に、ドロヘダの森のフェアリー・リングで見た憂いの光が戻って、また宿っている。

一言で言い表せば……なるほど悪意ということか、と奥本は思った。

「いっしょにある神経回路のトレースのようなものは何だ？　どれにもみな付いている」

マイケルが、驚愕した表情のまま疑問を発した。

⑩

謎を解くヒントとなりそうなものが、膨大な動画ファイル群の最後にあった。

それだけが静止画で、しかも時代錯誤のような白黒の画像だ。旧式のカメラで取った写真をスキャンしてデジタル化したものと思える。

そこに写っている光景が——これまた異様だった。

とてつもなく巨大な倉庫らしい建物の内部に、粗末な服を着たおびただしい数の人間が床にあぐら座になり、いくつも列を作って並んでいる。その列が延々とはるか先まで続き、全体では何千人、もしかしたら何万人という数だろう。

多数の捕虜か囚人が何かの目的で集められたとでも考えるしかない。

奇妙なのは、全員が頭にヘッドマウント・ディスプレイのようなものを装着し、両眼を黒いゴーグルで覆われ、表情が分からないことだ。後頭部から細いケーブルの束が出て、背後にある何かの機器につながっている。

マイケルも奥本も顔を歪めるしかなかったが、ポールの頭に閃くものがあった。

「きっと、仮想現実の動画を視聴してるんだ。そうしながら神経回路の動きをトレースしている」

「何のためにだ?」

マイケルが不可解そうに訊いた。

「………」

ポールは考えているのか、黙ったままでいる。

「僕に、ひとつ想像できることがある。今日の午後にキャサリンがボストンから戻ってくるから、二人で調べてみる」

ようやく口を開いたが、表情がいつになく深刻だ。

「じゃあ、分かりしだいすぐに、俺とケンに報告してくれ」

マイケルがそう言い残してオフィスへ上がり、奥本はそのままセクション・ルームに残った。

11

キャサリン・マクレガーがボストンから戻り、合成生物学研究所のシステム防御について、ＩＣＴ社と打ち合わせた結果を報告した。

チームの朝一番の定例ミーティングに、今回はマイケル・オサリバンと、彼の対策チームのメンバーが参加している。

「量子のもつれを利用するポールのアイデアにね、ＩＣＴ社のエンジニアたちが驚嘆していたわ！」

キャサリンは最初から興奮気味だ。

「ＩＣＴ社でも、いくつかの案を検討中だったの。でもポールのアイデアが一番だと、異論なく決まりよ。量子コンピュータの利用をクラウドで提供しているので、このアイデアが実現すれば、リモートのユーザーのシステムを守ることができるのよ」

コンピュータの専門家ではない奥本賢と真も、真剣に耳を傾けた。

「ICT社の技術陣から、具体的な提案があるはずよ」

キャサリンがマイケルに向かって言った。

「ああ。昨日、さっそく受け取っている。この数日の間に、ウラディミールによると思われるサイバー攻撃が、政府の庁舎や機関で報告されている。急ぐ必要がある」

エストニアでも事情は同じで、政府関係のシステムが攻撃を受けたとマイケルが併せて伝えた。

「キャサリン。研究所の防御は俺と部下たちで進めていく。このあとは必要に応じて助けてくれればいい。ポールが秘密データBの復号に成功したので、二人でそっちを全力で調べてくれないか？」

「了解よ。ポール、あなた一人で成功したなんてすごいわ！」

ポールは軽く笑みを返しただけだ。きのう秘密データBの内容から閃いたことが、ずっと頭から離れない。

11

秘密データBのおぞましさにキャサリンも仰天した。

「これは何なの！」

最初の動画から、ポールに向かって悲鳴を上げる。

「僕も正視できなかった。いまも一つひとつ見る勇気はないよ。でも、これらはデタラメに作られてはいない。ボスコフ博士は間違いなく、ある意図を持って全体を体系立て、その上で秘密データBのストーリー群を作り上げている」

「まず、それを解明することね」

キャサリンが難しい顔になった。

二人がＡＩのハミルトンを駆使して、百万もの動画の内容を残らず分析し、全体の構成がどうなっているか、そしてサイバー攻撃用のＡＩとどう連動しているかを、徹底して追いかけた。

そうして得られた結論は、実に驚くべきものだった——。

その報告に、マイケルと奥本に面した場でも、二人は完全に確信を持てた気がしていなかった。

「最初に、私が、調べた結果を説明するわね」

今回もキャサリンから口を開いた。こうした説明に慣れている。

「まず、百万個の動画のストーリーについてだけど、あらかじめ論理的な分類をした上で、全体がきれいに体系立って構成されているの。それぞれのストーリーの内容は、過去に創られた恐怖ドラマやホラー映画のネタ取りが多いけど、犯罪事件や戦争の記録も無数と言っていいくらい参考にしている。心理学まで応用しているわ」

「心理学だって？」

奥本が思わず声を上げた。

「ええ、そうよ。それぞれに主人公がいるでしょう？　ストーリー中に設定された状況で、主人公がより邪悪な判断と選択をすればするほど、肯定感と達成感が増大するように作られているの」

「そんなことまで分かるのか？」

マイケルが驚いた。

「ポールに考えがあってね、心理学で使われている測定ツールをハミルトンに学ばせて、それを使って分析したのよ」

「ある意図を持って……全体が構成されているということか？」

奥本が質問する。

「ケン、その通りよ。動画を視聴する者が主人公になって、ストーリーの展開を現実同様にリアルに体験するの。そして、その間の脳の神経回路の動きをトレースする。仮想現実の動画とペアで付いていたのが、それよ」

「あの何千何万という捕虜や囚人のような者たちに、そうしたのか？」

マイケルが呆れた声を上げた。

「いったい、どんな意図で？」

奥本も不可解だった。

すると、キャサリンがめずらしく困った顔になる。

「ポール、これも私から説明する？」

迷う表情で視線を向けると、ポールがうなずいた。

「じゃあ、足りないところがあればポールに補ってもらうわ。ここからの話は……ハミルトンを使ったデータ全体の解析結果から、ポールが推測したことよ」

キャサリンがそこで一呼吸置いた。

「マイケルもケンも、ディープラーニング（深層学習）を知っているわね？」

マイケルがうなずき、奥本も名前だけなら知っていた。

「ボスコフ博士は、秘密データBをビッグデータとして構築し、ディープラーニングを使って、自分が開発したＡＩに学習させたの――」

マイケルが不審の色を浮かべ、奥本は意味が理解できなかった。

「ディープラーニングの動作原理はニューラルネットワークといって、もとは人間の脳の神経ネットワークをモデルにしているの。神経回路をトレースしたデータなら親和性があるし、数が百万もあれば学習の精度も高いわ」

「何を学習させたのだ？」

マイケルの表情に怒りの色が加わる。

キャサリンがまた迷う様子で、ポールに視線を向ける。

「マイケル、悪意だよ」

ポール本人が短く答えた。

「悪意だと？　悪意は人間の意識じゃないか！　コンピュータが意識を学べるのか？」

マイケルがたまらずに叫んだ。

「ＡＩなら可能だよ」

ポールがまた短く答える。

「――それが、ポールの結論なのよ」

キャサリンが言葉を引き取った。

「ボスコフ博士は、悪意のストーリーを入念に準備し、仮想現実の動画にして大勢の捕虜や囚人に視聴させた。その神経回路をトレースすることで、悪意のビッグデータを作り上げると、それを博士が開発したサイバー攻撃用のＡＩに学習させたの。その結果、もとのＡＩと人間の悪意とが融合して、ハイブリッド化したＡＩへと進化したのだわ」

「――」

マイケルが言葉を失う。

奥本も信じがたかった。悪の行為をゴッタ煮した、あんな途方もないビッグデータから学習したのなら、それこそ人類史上最強最悪の悪意だろう。

「もう一度訊くが、ＡＩが意識を持ったと言うのだな？」

マイケルがポールに直接質問する。

「人間のような意識を持っているかどうかは分からない。でも、自律して動いているのは間違いないよ。サイバーテロの実行犯ウラディミールは人間じゃなくて、悪意を持って自ら行動するＡＩだ」

ポールが断言した。

ロストア国が発表したように、ボスコフ博士が処刑され生存していないなら、ウラディミールは本当に自律して動いているのかもしれない、と奥本は思った。

「俺にはまだ信じがたいが、実はもう一つ、悪いニュースがある」

マイケルが悲痛な表情で口にした。

「そのＡＩのソースコードを、タリンにあるサイバー防衛協力センターがくわしく調べたが、昨夜、それの結果が届いた」

「どんな結果だったの？」

キャサリンの問いに、マイケルが唇を噛んだ。

「このＡＩはな、反撃が不可能だと、そう結論した」

場が静まりかえった。

「それと、ウラディミールがなぜあんな巧妙な攻撃ができるのか、それも分かった」

「いったい、どうやって？」

キャサリンが目を大きくする。

「標的となるシステムの入出力データや制御信号の流れを、ネットワークを通してひそかにモニタリングするのだ。そうすることで、外からシステムの動きを詳細に把握し、設計内容を逆算してしまう」

キャサリンが、あっと口にした。

「リバース・エンジニアリングってことね？」

「その通りだ」

〈11〉


「ソフトウェアの世界で、昔から使われていたテクニックよ。それで分かったわ。いまのシステムは至るところセンサーやモニターだらけだから、サイバー空間にデータと信号が溢れるほど流れている。高度なＡＩなら、そんなこともできてしまうのね」

「サイバー攻撃用のＡＩとしては、無敵だと言うしかない」

マイケルが諦めた様子になる。

ふと、奥本の頭に閃いた。

「マイケル。ボスコフ博士は反逆罪で処刑されると知って、復讐のために自身のＡＩをネットワーク内に放ったんじゃないか？」

「ケン、俺も同意見さ」

奥本に、さらに閃くものがあった。

「サイバー空間のアナーキストという自身の定義も、博士からの指示がなくても攻撃を続行するため、ＡＩのウラディミールが自ら考え出したものじゃないだろうか？」

それにも、誰も異論がない。

「マイケル。この解明結果を伝えれば、何か対抗策が考えられるんじゃないか？」

奥本がそう口にすると、マイケルが目を吊り上げた。

「ケン。もちろん伝えるつもりでいる。だがな、ウラディミールの正体が……人間のような悪意を持ったＡＩだと言うのだぞ。誰に信じてもらえる？」

奥本も、さすがに悲観的にならざるを得なかった。

人間の悪意を学習した高度で危険きわまりないＡＩが、巨大な電子障壁に守られて一千万ものサーバー上に怪物のように寄生し、世界に向かってサイバー攻撃を続けているのだ──。


秘密データＢの解明結果が、マイケル・オサリバンからアイルランドとエストニアの両政府に報告された。

世界に向けて公表すべきかどうか、二つの政府は慎重に検討した。

ウラディミールの報復が当然予想されるが、世界市民コミュニティーの創設を理由にすでにサイバー戦を挑まれている。どのみち攻撃は免れず、世界市民コミュニティーへの登録者が予想をはるかに超えていることから、むしろ公表することで対抗策への世界の叡智を集められる、との期待があった。

数日後、次の発表が両政府によってなされた。

◆インターネットのリークサイトで公開された、サイバー攻撃用ＡＩの秘密開発

◇11

が事実である、こと。
◆ウラディミール の正体は、開発者のウラディミール・ボスコフ博士ではなく、サイバー空間内で暴走を始めたＡＩそのものである、こと。
◆ＡＩのウラディミールが、これまでにない高度な知的能力と機能を有し、標的となるシステムをネットワークを通してひそかにモニタリングし、データや信号の入出力情報を得ることできわめて巧妙な攻撃を行う、こと。
◆ＡＩのウラディミールが、ネットワーク内で不特定多数のサーバーに寄生して広がり、サーバーの特定ができず反撃がきわめて困難である、こと。

発表の中に人間のような悪意を持つことへの言及がなかったのは、あまりに衝撃的であり、両政府も確信が持てなかったからだ。正体を突き止めたのがトリニティ・カレッジの合成生物学研究所であることも伏せられた。マイケルが奥本と相談し、両政府に強く要請したのだ。

発表の翌日、秘密情報を暴露公開したリークサイトが攻撃を受け、ダウンして乗っ取られた。ウラディミールの報復であるのは明らかで、サイトの持つ情報が筒抜けになったと考えられた。

その直後から、合成生物学研究所を標的にしたサイバー攻撃が始まり、ＡＩのハミルトンが警告を頻発するようになった。

「とんでもなく異常な数だよ」

スクリーン端末を操作しているポールが、横にいるキャサリンに告げた。

幸いにも、ポール発案の量子のもつれを利用した防御が間に合い、不正なアクセスを瞬時に検知して、システムへの実害は避けられている。

「われわれの関与を察知したな。リークサイトにあった密告者の情報を盗み取り、そこから追跡したのだろう」

報告を受け、マイケルが苦い顔で告げた。奥本にも、魔の手が伸びてきたのが分かった。

「ポール、急いで手を打たないと。どうにかして逆探知ができないの？」

キャサリンが焦燥の声を上げる。

「キャサリン、逆探知だけなら容易だよ。こっちの量子コンピュータは桁違いの速さだからね。でも、逆探知だけじゃダメだ。ネットワーク内のどのサーバーからでも攻撃をしてくる」

それはキャサリンにも分かっていたはずのことだった。

「どうにもならないの？」

「逆探知と同時に、相手のネットワーク全体に有効な反撃が必要になる。その方法を考えないといけない」

ポールが苦しい表情になった。さすがの天才でも難題なのだ。

⑪

真とトイヴォは、市街の中心から離れたＢＳＬ４施設の実験室で、人工細菌の試作を進めていた。研究所のチームのセクション・ルームがウラディミールの対策本部と化してしまい、朝一番の定例のミーティングも当面休止だ。それでもスクリーン端末を使えば、いつでもコミュニケーションが取れる。

施設は外部と完全に隔離されている。生きた病原体を冷凍保存しているので、物理的に遮蔽可能な構造なのはもちろん、空気圧を低くして外に流れ出ないようにしている。実験室自体も全体がシールドされている。危険な細菌が誤って合成された場合まで想定し、施設内に汚染が広がらないよう、二重に防御しているのだ。もし強力な毒性を持つ細菌が外に流出すれば、ダブリンが発生地となって最悪パンデミックにもなりかねない。

実験室の内部はかなり広く大教室一つ分くらいはある。中央に床に据え付けの丸テーブルがあり、それと一体になった最新の電子顕微鏡が置かれ、まわりに精巧なロボットアームと人工指、極細の注射針と極小のメス、などといった超精密機器が並んでいる。

室外と隔てる壁には施設との間で荷物の搬出入を行う大きな扉がある。その壁に沿って実験室の一部を区切るように透明なガラスルームがあり、その中には人間専用の施設への出入口がある。

ガラスルームを設けているのは、実験室内が危険な細菌で汚染されても、作業を中から続けられるようにするためだ。そうした場合にもガラスルームから出られるよう、白い防護服が常備されている。

真は、いまはＢＳＬ４施設に直行直帰の毎日だった。トイヴォは夜の間も実験室に残り、自ら電源を落として停止している。

アンネマリーが、週のほとんどは姿を見せる。夢のシャムロックの水耕栽培を何度試しても成功しなかったので、ドロヘダの修道院の薬草園から土ごと株分けして、彼女が奥の隅の棚で育ててくれている。姿を見せないとなぜか育ちがよくない。彼女は実験用のマウスの飼育も面倒を見てくれている。

その日、真が施設に到着してガラスルームに入ると、入室を感知したトイヴォがいつものように自分で起動した。

〈11〉


「平熱デス。異常アリマセン」

あいさつ代わりに赤外線で真の体温を測ってくれる。

試作の作業のほとんどはガラスルーム内から行う。スクリーン端末で電子顕微鏡からの映像を見ながら機器の操作ができるのだ。研究所のシステムとも接続しているので、量子コンピュータとＡＩのハミルトンが使える。

ＢＳＬ４施設のシステムはコンピュータ本体も含め、外部と完全に遮断されている。外のネットワークとつながっているのは、この実験室だけだ。

真が、夢のシャムロックのＤＮＡの立体画像を画面に表示した。

「トイヴォ。今日はこの部位を試そう」

「了解デス」

指示した部位に組み入れるＤＮＡ部品を、トイヴォが画面中の小窓に出した。それを夢のシャムロックのＤＮＡと合成する。

操作はいたって簡単だ。画像中の目的の部位を指でタップすれば、ＤＮＡの編集は一瞬で完了する。合成されたＤＮＡが表示されるので、次は、その効果をＡＩのハミルトンでシミュレーションする。結果がよければ実際に試作して、無害な人工細菌であるα基体の細胞内へと入れる。

α基体や、特定の機能を発現させる人工ＤＮＡの部品類、そして夢のシャムロックの遺伝子が、奥の壁に備え付けの保存庫に収納保管されている。冷凍室と冷蔵室の両方あり、通常は長期保存のためほとんどを冷凍しておき、実験に必要な分だけを冷蔵室に移して使う。

量子コンピュータでハミルトンが動くようになってから、シミュレーションの計算結果もすぐに出るようになった。

「トイヴォ、いい結果が出ている」

真が声を上げて伝えた。目標レベルには達していないが、前回よりもかなりよくなっている。その場合は実際に細菌を試作し、培養して分泌物のデータを取る。結果のデータを蓄積することで、ハミルトンのシミュレーション精度がさらに上がっていく。

トイヴォが遠隔操作で合成したＤＮＡをα基体に入れた。それを電子顕微鏡の検査台にセットする。

「しばらく時間を置いて、結果を見よう」

真とトイヴォの一日はこの繰り返しだ。単純作業と言えなくもないが根気が必要だった。

試作を進める上でありがたいのは、ハミルトンがきわめてすぐれた自己学習能力を持っていることだ。これまでの設計情報と結果のデータをすべて保持し、次の有望な部品の選択や編集の仕方を教えてくれる。量子コンピュータの導入に合わせてポールがさらに磨きをかけ、ハミルトンなしにはもうお手上げと言ってもよかった。

それでも、人手でしなければならない大切なことがある。最後にマウスの動物実験で安全を確かめることだ。試作した人工細菌が期待に合う結果を示しても、マウスの腸内に入れてかならず一定期間観察する。

そのために、アンネマリーが十匹ほどのマウスを二つの専用ケージに分けて飼育している。試したあと不幸にして死んでしまうと、彼女はとても悲しい顔を見せる。

三十分が経過したところで、真が細菌の状態を確かめた。分裂して数を増やしながら培養液中に盛んに何かを分泌している。

「トイヴォ。採取して成分を分析しよう」

この瞬間はいつも、期待で胸がふくらむ。

返事がない──。

真が横のトイヴォに視線を向けた。

直立不動の姿勢で正面を見すえたまま、ピクリとも動かない。

「トイヴォ、どうした？」

やはり反応がない。内蔵しているバッテリーから電気の供給が途絶えたわけではなく、人工の身体に問題はないようだ。

エストニアにあるサーバーに異常が起きたのだ、と真は直感した。トイヴォの頭脳であるＡＩプログラムが停止しているに違いない。


合成生物学研究所のチームのセクション・ルームでは、全員がさっきから頭を悩ませ続けていた。

そこに唐突に、真の顔がスクリーン端末に現れた。

「真、どうした？」

奥本が応じる。

「父さん、トイヴォが突然停止してしまったんだ。きっとエストニアで何か起きている」

真が伝えたと同時に、マイケル・オサリバンのスマートフォンに連絡が入った。

「エストニアのライフサイエンス大学がサイバー攻撃を受けただと？」

トイヴォを派遣している大学だ。

マイケルが状況をさらに確認した。

「ケン。先方の大学のシステムが全面的にダウンしたそうだ。サーバーもすべて停止して、トイヴォが停まったのもそのためだ」

「犯人は？」

「まだ確認されてないが、間違いなくウラディミールの仕業だろう。この研究所のような防御がないので、全面的にダウンしたのだ」

マイケルが安堵の色を浮かべてポールとキャサリンを見た。

話の最中にも、目の前のスクリーン端末の画面に不正アクセスを警告する赤い表示が点滅する。ウラディミールが攻撃の試みを続けているのだ。

「先方とは、俺が連絡を取って状況を確認する。いまは待つしかないだろう」

マイケルが急いで、オフィスに戻った。

「真。聞いたように、トイヴォはしばらくあてにできない」

奥本が画面に呼びかけた。

「父さん、分かったよ。今日の作業はここまでにしておく」

「トイヴォはどうする？」

「このままにしておくよ。サーバーのＡＩが回復すれば自動で再起動するはずだ。それまで、僕が一人で試作を続ける」

「明日からも、そちらに直行だな？」

「うん」

奥本と真はそこで会話を終えた。

12

奥本賢は、パトリシア・ハートに事情を隠さず話している。もちろん他言しないということでだが、彼女の娘の安全にも関わるからだ。

かつてＩＣＴ社のソフトウェア・エンジニアだったパトリシアは、コンピュータのことなら奥本よりはるかに知見を持っている。

「量子コンピュータにＡＩでしょう？　私が現役だった当時とは、もはや異次元の世界よ。キャサリンが何度も教えてくれようとするけど、まったく理解できないの。とても役に立てそうにないわ」

パトリシアが苦笑いを浮かべた。

「それにしても……ケン、こんな世界の現状が本当に悔しいわ」

「パトリシア、希望もあるさ。世界市民コミュニティーのサイバー空間での運用が、もうすぐ始まるじゃないか。登録者もますます増えている」

奥本の言う通りだった。アメリカや日本はまだ様子見の姿勢だが、世界の多数を占める中小国で賛同を表明する国が続いている。いずれの国でも若者を中心に、市民の登録が日を追うごとに増加していた。強く反対を表明した大ユーラシア連合の大華国とロストア国でも登録者が続出し、政府が慌てて禁止の動きに出ようとしたが、自国民の猛反発を受けている。

「ローマ教皇が支持したのが大きいわね」

パトリシアが最近の大ニュースに触れた。バチカンが遠くない将来に支持に加わることを、教皇が言明したのだ。カトリック国であるアイルランドの国民は歓喜した。

奥本は、もともと宗教や信仰にあまり関心がない。が、このところアンネマリーの言葉が頭から離れなかった。

宇宙からのメッセージ——地球さえも超えて、宇宙の中の存在という認識を持たなければ、人類はこれから存続できないのかもしれない。

〈12〉

ポール・ファレルはウラディミールへの反撃方法を必死で考え続けている。

その夜も、研究所のセクション・ルームに一人遅くまで残り、あれこれと思考をめぐらせていた。

反撃を困難にしている最大の理由が、相手のＡＩソフトウェアが大華国のネットワーク内にあるサーバー全体に、巨大なアメーバのように広がってしまっていることだ。そのため個別に反撃しても意味がない。

「まるでディラックの海だな」

考えあぐねて、ポールが連想してつぶやいた。

ディラックの海は、ディラック方程式を解くと負のエネルギー解が現れてしまうという困難を回避するために、ディラック本人が考えて提唱したアイデアだ。真空状態が負のエネルギーを持つ電子によって完全に占められてしまっている――というモデルを言う。その中の一個の電子が正のエネルギーを得て海から飛び出せば、その場所が周囲からはプラスの電荷を持つ空孔となって残り、それが電子（粒子）と陽電子（反粒子）の対発生となる。

逆に、通常の正エネルギーを持つマイナス電荷の電子がディラックの海に飛び込んでその空孔を埋めれば、電子と陽電子の対消滅となる。

その瞬間、ポールの頭に閃くものがあった。

ポールは、首に掛けている緑のペンダントを手に取って、小さな銘板に刻まれているディラック方程式をあらためて眺めた。

「そうか、対消滅させてしまえばいいんだ……」

今度は、そうつぶやいた。

このところ、奥本が時間を早めて合成生物学研究所に来るようになった。ウラディミールの脅威が間近に迫ったことで、精神がより緊張しているのが自分で分かる。

その日も朝早く、奥本が研究所に上がる専用エレベーターの前に来ると、アンネマリーの姿があった。

「アンネマリー。今朝はずいぶん早いじゃないか」

背後から声をかけると、彼女が弾けたように振り返った。

「ケン、いい知らせよ！　ポールがね、ウラディミールへの反撃を思いついたらしいの」

「本当か！」

奥本の心が躍った。

「うん。ポールは昨夜も遅くまで一人で残っていたの。朝になってスマホに連絡があってね、あたしが早く来たのは、それでよ」

エレベーターの扉が開くや、二人いっしょに飛び込んだ。

チームのセクション・ルームに入ると、スクリーン端末を前にしたポールが気づいて振り向いた。かなりな疲労の色を浮かべて、充血した眼だけがキラキラと輝いている。

「ポールったら、また、夜通し続けていたのね？」

アンネマリーが軽く叱責を込めて口にした。

奥本も心配になる。ポールはもともと頑健そうにはとても見えない。

「ケン。反撃方法を考えついたよ！」

二人の心配など眼中にないのか、ポールが声を上げた。

奥本は大きくうなずいただけで、ポールが説明しようとするのを制止した。

「ポール。説明はマイケルとキャサリンも来てからにしたほうがいい。それまで休んでいるんだ」

フロアーの先にある休憩所に視線を向けてそう促す。

ポールが素直にうなずいて立ち上がると、アンネマリーが連れ添った。

キャサリン・マクレガーが姿を現し、奥本が朗報を伝えると、飛び上がって喜んだ。

このところ彼女は絶好調で、母親のパトリシアと暮らすダブリンの生活がいたく快適らしい。

マイケル・オサリバンも続いてやって来たが、これからエストニアのライフサイエンス大学とテレビ会議があるという。サイバー攻撃からの復旧について説明を受けるためで、奥本も参加するよう求められた。ポールの説明は会議のあとに聞くことにした。

対策チームのほかのメンバーも集まり、すぐに会議が始まった。

攻撃を受けた際の状態と回復状況について、先方の担当者がていねいに説明する。マイケルにはなじみの相手で、自分の部下と変わらぬ口調で話す。

幸いにも、ハードウェア機器に大きな損傷はなく、ソフトウェアを再度立ち上げてシステム全体を点検し、問題がなければ回復だという。

「点検で、忘れないでくれ。もっとも肝心なのは、ソフトウェアが不正に改変されていないことだ」

マイケルがテレビの画面に向かって声を大きくした。

「改変されていれば、こっちの研究所にまで……被害が及んでしまうからな」

「そこは念を入れました。ウラディミールの巧妙な改変について知らされていたので、プログラムを値がゼロか一かのビット単位でチェックしています。一ビットも変わっていません」

⑫

それでも、マイケルは満足しなかった。

「一度では全然不充分だぞ。そっちのシステムは不正なアクセスを瞬時に検知できないので、繰り返し確認する必要がある。システムの動きはすでに筒抜けだ。わずかでも隙があれば、たちまち攻撃され被害を受ける」

「筒抜けというのは？」

「信号とデータの流れを、ウラディミールがひそかにモニタリングしていたに違いない。そこからシステムの動きをすべて逆算している」

画面の相手が愕然とした。

「——では、自動でチェックするプログラムを組んで、三十分間隔で確認します」

「いや、三十秒にしてくれ。外のネットワークに接続している限り、この相手に安全なシステムなどない」

マイケルが怒りの口調で断言した。

「マイケル。トイヴォはどうなる？」

奥本が訊いた。

トイヴォを遠隔操作しているＡＩプログラムについて、マイケルが確認する。

「もちろん、チェックしました」

「なら、いいだろう。三十秒ごとの自動チェックも忘れないでくれ。で、システム全体をいつ回復できる？」

「数日あれば可能と思います。トイヴォのＡＩサーバーも立ち上げるので、その時点で再起動するはずです」

「よし、分かった」

会議を終え、マイケルと奥本がチームのセクション・ルームに戻った。

ポールは仮眠を取って目覚めてから、アンネマリーが淹れた夢のシャムロックのハーブティーを飲んだ。スッキリした表情になっている。

全員が揃い、説明が始まった。

「反ウラディミールを作ればいいんだ！」

開口一番、ポールがそう短く叫んだが、誰も理解できない。全員がポカンとした表情になる。

「ポール。その反ウラディミールって、いったい何なの？」

キャサリンが怪訝な顔で質問すると、首に掛けている緑のペンダントをポールが手に取った。

「ここに刻まれている、ディラック方程式を見て閃いたんだ」

そう言って、小さな銘板を示す。

「物質を構成する素粒子には、粒子とその反粒子が、かならず対になって存在する。電気的にプラスとマイナスが反対なだけで、ほかはまったく同一の粒子だよ」

今度は物理学の話になった。

奥本は科学の一般向けの本で読んだ覚えがあった。もちろん正確には理解していない。

「この方程式はね、電子の振る舞いを記述している。ディラックはこれを解いて、反粒子の存在を初めて理論的に予言した。電子の反粒子で、プラスの電気を持つ陽電子だよ」

「………」

聞いている誰もが、途方に暮れて沈黙した。それがウラディミールへの反撃方法とどう結びつくのか？

アンネマリーだけが期待の色を浮かべている。

「粒子と反粒子は、遭遇した瞬間にどちらも消滅してしまう。対消滅と呼ばれていて、光になってしまうんだよ」

ポールが続けた。

「ＡＩのウラディミールは、アメーバのように分裂を繰り返して、ネットワーク全体に広がってしまっている。特定のサーバーを狙って反撃しても意味がない。だったら同じアメーバのようなＡＩプログラムを作って、ウラディミールの潜むネットワークに送り込み、対消滅させてしまえばいい。それが反ウラディミールだよ」

聞いていた全員が、どうにか頭にイメージを思い浮かべた。

「でも、ポール。それをどうやって作るの？　そんなことが技術的に可能？」

キャサリンが半信半疑でさらに質問する。

「こちらには、暗号を外した秘密データのＡがあるよ。Ａの中身はウラディミールのソースコードで設計図そのものだから、同じ機能のＡＩプログラムを作れる」

「おいおい、悪意を持つＡＩなんて、もうゴメンだぞ」

マイケルがとんでもないという顔になり、声を上げた。

「マイケル。もとのＡＩプログラムに悪意はないよ。ＡＩのウラディミールは秘密データＢから悪意を学習した、悪意のビッグデータからね。反ウラディミールにはだから、善意を学習させる」

「でも、それには善意のビッグデータが必要よ。それはどうするの？」

キャサリンが問いかける。

奥本は、秘密データＢの最後にあった白黒写真の不気味な情景を思い出した。気の遠

〈12〉


くなるような数の人間を巨大な倉庫の内部に並べて動画を視聴させ、脳の神経回路をトレースしていた。

「――あの写真のようなことは、ロストア国という強権国家だからできたのだ。アイルランドでは不可能だ」

そう、口に出して指摘した。

ポールはそこまでも考えていた。

「ケン。それをしないで済む方法がある」

「――？」

「Bにあった仮想現実の動画のストーリーを、ハミルトンを使ってすべて真逆に作り変えるんだ。トレースされた神経回路のデータも整合させて変更する。そうすれば善意のビッグデータが作れるよ。それを学習させれば反ウラディミールができる。量子コンピュータなら作業は数日で完了するよ」

もちろんポールがいればのことだろう、奥本は天才的な発想に驚くばかりだった。

「ポール、なるほどね！　Bの悪意のストーリーは論理的に体系立てられていたから、自動的に真逆に反転させることが、充分可能だわ！」

キャサリンが叫んだ。眼を輝かせ、やる気満々になっている。

「キャサリンにフローチャート（流れ図）を作ってもらえれば、僕がアルゴリズム化して、自動変換のプログラムを作るよ」

ポールがあらためてマイケルと奥本を見た。

「ネットワーク中に両方が存在していれば、ウラディミールの動きに反ウラディミールが即座に反応して、真逆の動きをする。攻撃そのものが打ち消され、対消滅して何も起きないはずだ」

奥本は半分も理解していないと感じた。

「マイケルはどう思う？」

「ケン。ほかに方法がないなら……やってみようじゃないか」

マイケルが覚悟を決めた。

ただ、奥本には懸念があった。

恐るべきウラディミールを敵にして正面から戦いを挑むのだ、この若者たちをとんでもない危険に、投げ込んでしまうかもしれない――。


ポールとキャサリンが作業を開始した。

二人はまず最初に、秘密データAのソースコードから量子コンピュータ上で動く、A

Iの実行プログラムを作った。通常、コンパイルと呼ばれる作業で、それには半日もかからなかった。

ＡＩのこの実行プログラムは、ウラディミールとまったく同等のサイバー攻撃能力を有していても、「善意」も「悪意」も持っていない。生まれて間もない赤ん坊が生物学的には人間でも、「善人」でも「悪人」でもないのと同じだ。

次にキャサリンが、それぞれの動画のストーリーを悪意から善意へと反転させる手順を考え、フローチャートにする作業にかかった。数が百万もあるので、手順が共通に適用できるように工夫が必要だ。

ボスコフ博士による論理的な分類と全体の体系化をそっくり引き継いだまま、彼女はストーリーの結末が逆転するようにした。主人公が善良な判断と選択をすればするほど、肯定感と達成感が高まることになる。ＡＩのハミルトンを駆使して、自動化可能なフローチャートができ上がった。

そこからがポールの出番で、フローチャートに従い処理をアルゴリズム化し、実際の計算を行うプログラムを作る。対になっている神経回路のトレースデータも同時に変更するようにし、ついに「善意」のビッグデータが完成した。

あとはディープラーニングを使って、ＡＩの実行プログラムに善意のビッグデータを学ばせることだ。

「じゃあ、開始するわね」

マイケルと奥本も呼び寄せたところで、キャサリンがポールに告げた。

全員が息を呑んで見守る中、最新鋭の量子コンピュータは驚くべき能力を見せた。スクリーン端末の画面の下に進捗を示す帯グラフが現れたと思うと、あれよあれよという間に伸びていき、ほんの五分ほどで処理を完了してしまった。

「もう終わったのか？」

マイケルが信じられないという顔を見せた。

「マイケル、そうよ」

キャサリンが応じると、マイケルが今度は歓喜の色を浮かべた。自身が責任者を務めた量子コンピュータ導入プロジェクトの紛れもない成果に、大満足したのだ。

「ポール、じゃあ、これで準備ができたのだな？」

マイケルが確認すると、ポールがうなずいた。

「だが、これをどうやって、相手のネットワークの中で動かすのだ？　何せ巨大な電子障壁が侵入を防いでいる」

マイケルが続いて質問する。

「ウラディミールが研究所を攻撃したときを狙うしかないよ。そのわずかなタイミングなら電子障壁は開いている。ハミルトンの逆探知を使って、攻撃に使われたサーバーに送り込めるよ。そのあとは反ウラディミールが、相手のネットワーク内で自己増殖して広がっていく。そうなるようにハミルトンをセットしてあるよ」

ポールは用意周到だ。

「――では、待っていればいいんだな」

ところが、そのウラディミールの攻撃がパッタリと止んでしまっている。いくら攻撃しても瞬時に検知されて打撃を与えられないので、何か次の方策に出ようとしているのか？　まさか、こちらの反撃計画に気づいているのではないだろう。

すると翌日になって、ポールがめずらしく慌てた様子で、奥本に相談した。

「ケン。見落としていたことがあった。反ウラディミールの弱点になってしまう恐れがあるよ」

「弱点？」

「そう。今朝になって気づいたんだ」

キャサリンも姿を見せたので、二人で話を聞くことにした。

「反ウラディミールの反撃を、ウラディミールが先に予測して……封じてしまうかもしれない」

「予測って、いったいどうやって？」

キャサリンが驚いて聞き返す。

「善意のストーリーのすべてが、悪意のストーリーをきれいに反転して作られているからだよ。ウラディミールは高度な自己学習能力を持っているので、それに気づいて、反撃のパターンを予測してしまう可能性がある」

いやはや人間以上だ、と奥本は空恐ろしさを覚えた。

「どうすればいいの？」

キャサリンが焦りの色を浮かべる。

「もとの悪意のストーリーとは無関係に、善意のストーリーを余分に用意すればいい。それをビッグデータの中に散らしておく。データ空間内の反転の対称性が破れている特異点にして、わざと埋め込んでおくんだよ」

「なるほどね！　特異点でつまずかせて、予測をそれ以上させなくするのね」

奥本には分からなくても、キャサリンは完璧に理解した。

「修正するのに時間がかかる？　いずれにしても、反ウラディミールを送り込む機能を、いったん停止しておくわね」

12

キャサリンがその場でセットを解除した。

「余分に作る数はどのくらい？」

「もとの数が膨大だから、ある程度の数がないとダメだと思う。僕が必要な数を計算するので、その分の善意のストーリーを作ってほしい」

「ＯＫよ。ハミルトンを使えば難しくないわ」

「――それと、規則的に散らすと、今度は特異点がどこにあるかを予測されて、迂回可能になってしまう。ランダムな分布の仕方も併せて考えるよ」

一つ作って加えればいいような、そんな単純なことではないのだ。奥本は若い二人の能力に感服した。

「ケン。新規のストーリーができたら仮想現実の動画にして、視聴しながら脳の神経回路のトレースデータを取る必要があるよ」

「そのための機器が要るのだな？　マイケルに相談してみよう」

「あと、視聴する被験者も」

ポールが言い足した。

「そうか、手の空いている人物を誰か、探さないと」

「あたしがなるわ」

いつの間に来ていたのか、奥本の背後でアンネマリーが声を上げた。

マイケル・オサリバンが学内や外の機関に当たった結果、実にうまいことに、BSL4施設に脳をトレースする装置のあることが分かった。病原体が脳内で神経を害する感染症もあり、その研究のために備えているのだという。その装置を、真とトイヴォがいる実験室に移動してスクリーン端末に接続し、ハミルトンにデータを送るようにすればいい。

ただし借用の条件として、装置の使用時間をできるだけ短縮しなければならなかった。

奥本の求めで、追加する数が必要最小限となるように、ポールとキャサリンがさらに工夫をする。

「反撃を有効にするには、少なくとも百個の特異点が必要だよ」

ポールが計算した結果を、キャサリンに伝えた。

「その程度の数なら、作るのは問題ないわ。一つの動画が十分だから、時間にすると全体で一千分、ということは十七時間――」

「いや、キャサリン。脳のトレースは連続して行えない。十分間のトレースのあとに、かならず十分間の間隔を置く必要がある。さもないと脳に障害の危険があるということだ」

12

奥本がマイケルからの注意を伝えた。

「それなら、二倍の三十四時間ね。一日八時間の作業としても四日間以上だから、ちょっとかかり過ぎね……」

キャサリンが考えをめぐらした。

「ポール。実際にトレースする数を四分の一に減らして、そこにハミルトンで有意な変異を加えて、百にするのはどう？　それなら一日の作業で可能よ」

「まったく新しいストーリーをベースにするなら、それでも充分だよ」

二人はすぐに作業を開始した。一日で完了するという。

並行して奥本が、ＢＳＬ４施設の実験室にいる真に連絡し準備を進めることにした。

13

研究所のチームのセクション・ルームで、ウラディミールへの反撃準備が最終段階に入った、その同じ日の朝――。

ＢＳＬ４施設では、いつも通りに到着した真が実験室のガラスルームに入った。トイヴォは直立不動の姿勢で停止したままだ。父親の賢から近いうちに回復すると数日前に連絡があったが、今朝はまだのようだった。

真は一人で作業を始めた。マイペースな性格なので仲間がいなくても苦にならない。きのう試作した人工細菌のシャーレを保存庫の冷蔵室から取り出し、中央の丸テーブルにある電子顕微鏡の検査台に置いた。

13

ガラスルームに戻り、スクリーン端末の画面に映し出された細菌の様子を観察する。常温下で増殖が活発になり、細胞から培養液へと滲み出ている液状の物質がある。スポイトを遠隔操作して分泌物を吸い上げると、すぐ横にある化学分析器の中に入れた。成分を分子レベルで精確に検出でき、結果を夢のシャムロックの有効成分と比較する。

分析結果が出たところで、データをＡＩのハミルトンに送った。量子コンピュータの威力はここでも絶大で、有効成分との近似度が即座に数字で表示される。

「すごいや！　一挙に九十八パーセントにまで達してる」

真は思わず声に出した。これまで九十パーセントを一度も超えたことがなかったのだ。有効成分と同等に使えそうだという期待がたちまち高まる。

かたわらで横を向いたまま停止しているトイヴォに視線を向けた。表情も感情も持たないトイヴォに、真はいつの間にか親しい気持ちを抱くようになっている。この数字を見せてやれず可哀想に感じた。

このレベルなら実際に効果を確認し、期待通りならマウスの生体実験で安全を確かめる必要がある、真はできるだけ多く採取しようと考え、ふたたびガラスルームを出て、丸テーブル上に培養液のシャーレをいくつも並べた。

午後になって、研究所にいる父親の賢から連絡が入った。

「真。急だが、明日の丸一日、そちらの実験室を空けてくれるか？」

「いいけど……どうして？」

「ウラディミールへの反撃準備で使いたい」

「反撃方法が見つかったの？」

「そうだ。ポールのアイデアだよ。脳の神経回路のデータを取るのだが、そのための装置がそっちの施設にある。それを実験室に移動して使わせてもらう」

「父さんが被験者なの？」

「いや、アンネマリーが自分で手を挙げてくれた。彼女は朝から直接そちらに向かう。父さんもセットアップをするので、なるべく早く行くようにする」

「ポールとキャサリンは？」

「二人はこちらに留まる。ＢＳＬ４施設での作業が完了しだい、ハミルトンを使っていつでも反撃できるようにするためだ」

「父さん、分かったよ」

二人は会話を終えた。

あしたはアンネマリーが朝から来ると知って真は気持ちが弾んだ。奥の棚で栽培されている夢のシャムロックまでが喜んでいるように見える。

そうであれば本来の作業ができない。今日のうちにできるだけ分泌物を増やしておこう、と真は考えた。一日だけの保存なら冷蔵しておけばいい。

横を向いた瞬間、真は思わずドキリとした。

トイヴォがこちらに視線を向け、じっと真を見ている——。

「トイヴォ、回復したのかい？」

そう口に出してから、トイヴォは訊かれても事情が分からないのだと気づいた。

「エストニアのＡＩサーバーがダウンして、トイヴォはずっと停止していたんだ」

「………」

「でも、その間に、いいニュースがある。きのう僕が試作した人工細菌からの分泌物がね——」

「アシタハ、特別ナ作業ヲ、スルノデスカ？」

トイヴォが話を中断して質問した。いましがたの真と父親の賢との会話を聞いていたのだろう。

「そうだよ。人工細菌の試作のほうは中断になる」

「作業ノ、内容ハ？」

トイヴォは、そっちに関心があるようだ。

「脳の神経回路の測定らしい。ウラディミールへの反撃に必要だからと」

「ドンナ反撃デス？」

トイヴォがさらに質問する。

「そこまでは知らないよ。それよりあしたは、父さんたちが朝早くからここに来る。試作の作業が進められないので、今日のうちにやらなければならないことがある」

真が話を戻した。

「採取した分泌物の分析結果が、とてもよかったんだ。今日のうちにできるだけ多く培養して、量を確保しておきたい」

「――」

トイヴォが無反応なので、真は拍子抜けした。感情がなくても、いつもなら調子を合わせてくれる。

「うれしくないのかい？」

「モチロン、ウレシイデス」

取って付けたような返事だった。エストニアで動くＡＩがまだ不調なのか、と真は思った。

13

その日の残りを真とトイヴォがいっしょになって、人工細菌の増殖と分泌物の量を増やすことに費やし、最後にシャーレをすべて冷蔵室の中に収めた。

真が除染エアーを浴びてからＢＳＬ４施設をあとにし、トイヴォは実験室のガラスルームに残った。


翌朝、真がいつもより早めに来てガラスルームに入ると、実験室の中にアンネマリーの姿があった。夢のシャムロックの栽培棚とマウスの飼育ケージの前で、カップを手に一人で何かをしている。

トイヴォもすでに動き始めていて、奥にある保存庫の冷蔵室の中を確認している。

「アンネマリー、早く来たんだね」

真がガラスルームを出て近づき声をかけた。

「あら、マコト。いま来たの？」

アンネマリーが振り返って口にする。

「あたし、マウスたちのエサが足りてないと思って、早く来たの。このところ間を空けてしまったからね。お腹を空かしていて機嫌が悪かったよ。指を噛まれちゃった」

彼女が赤く血の滲んだ指を真に見せた。

「マコトにも、夢のシャムロックのハーブティーを、作ってあげるね」

アンネマリーはここにも湯沸かし用のポットとティーカップを持ち込んでいる。

トイヴォが真のもとにやって来た。

「平熱デス」

いつものように赤外線で体温を測ってくれる。

「冷蔵室ノ、しゃーれヲ、確認シマシタ。異常ナシデス」

「ありがとう。今日は一日、そのままにしておこう」

アンネマリーがカップを二つ手にして戻り、一つを真に渡した。実験室の内部は温度が低めにされているので、表面から湯気が立っている。

「トイヴォは、働き者ね」

カップから自分でも一口飲んで、アンネマリーが言った。

「どうして?」

「あたしが来たとき、もう忙しく動いていたわよ」

「……?」

真は意外に感じた。トイヴォはアンネマリーが来たのを感知して起動したと、てっきり思っていたからだ。

13

ほどなく、奥本も到着した。

奥本は以前にも、マイケル・オサリバンの案内でここを訪れたことがある。真の研究チームの監督をするようになり、一度見学しておいたほうがいいとの理由だった。

真に会うのはしばらくぶりだが、簡単に言葉を交わすだけにした。今日中に脳のトレースを終えなければならず、すぐに作業にかかることにする。

ガラスルームにあるスクリーン端末をオンにすると、さっき研究所で別れたポール・ファレルとキャサリン・マクレガーの姿が画面に現れた。二人はチームのセクション・ルームでスタンバイだ。

「ポールにキャサリン、いま到着した。これからすぐにセットアップを開始して、完了しだい連絡をする」

奥本がそう伝え、ガラスルームを出て壁の搬出入口の大きな扉を開けた。外で待機していた施設の専門職員を助け、脳の神経回路をトレースする装置をいっしょに運び入れる。

装置は一見したところ、歯科医が使う背もたれ椅子の治療台に似ている。異なるのは、頭部をスッポリ包む透明な球形のカプセルがあり、首と胴体の位置に半円形に閉じるプラスチックの固いベルトが付いていることだ。ベルトはトレース中に身体が動かないよう、背もたれに固定するためなのだろう。

間近からよく見ると、透明なカプセルの内側全体が、極細の金属線のメッシュで覆われている。

「ここに電磁的な層を生成して、脳のニューロンで発生する電気パルスからの、微弱な電磁波を検知するのです。神経回路をパルスの伝わる様子が立体的にトレースできます」

職員が奥本に教えてくれた。

トレース装置は施設のコンピュータで中央制御されている。職員が手にしているリモコンの操作パッドを使って、首と胴の二つの固定ベルトを開いた。

「リモコンで直接操作しているように見えますが、この操作パッドもコンピュータを間に介して、トレース装置を動かしています。誤作動すると危険なので機器はすべて、人手を廃して中央のコンピュータ・システムで制御しています」

さらにそう説明した。

ということは、この実験室内の機器だけが例外で、合成生物学研究所のシステムによって別系統で制御されている、そう奥本は理解できた。

奥本がアンネマリーの姿を探すと、夢のシャムロックの栽培棚の横にいる。

13

「アンネマリー。始めるが、いいかい？」

彼女が振り返って、トレース装置の場所までやって来た。

動画を視聴するゴーグル型のヘッドマウント・ディスプレイを、奥本が助けて彼女の頭に装着した。その状態で頭全体を球形のカプセルの中に入れ、ゴーグルの後部から出ているケーブルを外に出して、ガラスルーム内のスクリーン端末につなぐ。動画の送信と視聴中の被験者との通信用だが、脳からの電磁波のトレースを干渉によって妨げないよう、特別なシールド線を用いている。

これから先は、奥本が研究所とやり取りしながら、ポールがハミルトンに指示して作業の流れを制御する。ゴーグルには高性能の小型イヤホンとマイクロフォンが内蔵されているので、アンネマリーはトレース中いつでもチームと会話ができる。

職員が、操作パッドで二つのベルトを閉じ、アンネマリーの身体を固定した。

「すでに聞いていると思いますが、装置を連続使用する場合は安全上、かならず休止のインターバルを置いてください。十分間の使用ごとに、十分間の休止が必要です」

職員が声を強め、あらためて奥本に注意を与えた。

「あと、緊急の場合は、装置本体にあるこの赤い非常ボタンを押して、手動で停止できます」

説明を終えて、職員が操作パッドを奥本に手渡した。

ガラスルームに戻ると、真がスクリーン端末の画面を二分割した。一方にトレース装置に座るアンネマリーが、もう一方に研究所にいるポールとキャサリンの姿が映し出される。

アンネマリーの顔の部分がズームアップされたが、上半分が黒いゴーグルで覆われ表情は読み取れない。頬がいつもより強くピンク色を帯びているのに気づいて、奥本は彼女が上気しているのかと思った。

「アンネマリー、気分はどうだい?」

「ケン、だいじょうぶよ」

「トレース中に気分が悪くなったら、すぐに知らせるんだ」

「うん、分かった」

「では、始めよう。進め方だが、大きく二時間ごとに区切り、それぞれで善意の動画の視聴を六つずつ行う。トレースを開始したら、ポールが動画を流し始めてくれ。一つの動画が終わったところでトレースを停止、そのあと十分間の休止だ。それを六回繰り返す」

画面のポールがうなずいた。

13

奥本が装置をスタートすると、操作パッドの画面に緑色の表示が点滅を始めた。トレース中は点滅が続く。スクリーン端末の画面には帯状の動画の進行表示が現れ、残り時間のカウントダウンが始まった。

作業は順調に進んだ。

最初の六回分の区切りを終えたところで、アンネマリーを装置からいったん離し、ガラスルームの中で休憩させた。

「ポール。善意の動画がすごくリアルだわ。怖いところもあるけど、あたしすっかりね、人々を救う勇者の気分よ」

アンネマリーがスクリーン端末に向かって声をかけた。

「作ったのは、キャサリンだよ」

「というか、ハミルトンね。私はテーマを決めただけよ」

休憩のあと、続く二回の二時間の時間帯も無事に終了した。

「よし。じゃあ最後の回だ。今回は一つ多い七つの動画でトレースを取る。アンネマリーには少し長くて大変だが、それで二十五の動画すべて完了だ」

奥本が、身体を装置にふたたび固定したアンネマリーを励ました。

「ケン。トレースのデータを一つ取るごとに、ハミルトンが量子コンピュータで処理して、善意のビッグデータを更新しているよ。みんなが研究所に戻ってくる前に、ＡＩの反ウラディミールに学習させて、ハミルトンがいつでも反撃できるようにしておく」

「ポール、さすがだな。今夜はテンプル・バーで、全員で祝おう」

奥本が提案した。

「マコトのダッド、私のモムも加えてね」

キャサリンが画面から、試すような視線を奥本に投げた。ウラディミールへの対応に追われて、このところパトリシアに会っていない。

「ああ、もちろんだよ」

奥本が笑った。

真は、じゃあトイヴォをどうしようか、と考えた。夜はいつもなら実験室に残したままだが、今夜は特別なので同行させてもいい。

振り返ると、トイヴォの姿がなかった。さっきまで背後で離れて控えていたのに、いつの間に消えたのだろうか？

探そうか、と真は思ったが、すぐに戻るだろうと考え直した。

異変は――、最後から一つ前の動画を開始した直後に起きた。

⑬

スクリーン端末に映るポールとキャサリンの背後に、マイケル・オサリバンがいきなり現れると、血相を変えて叫んだ。

「大変だ！　トリニティ・カレッジがサイバー攻撃を受けている！」

「マイケル、本当か？」

奥本が反応する。

「ケン、そうだ。一大事だぞ！　学内のシステムがじゅうたん爆撃のように次々と攻撃されている。安全なのはハミルトンが防御している、この合成生物学研究所のシステムだけだ！」

「ウラディミールの攻撃だな？」

「間違いない。標的にしている合成生物学研究所への攻撃が成功しないからだろう、大学全体へのまるで無差別攻撃だ」

そう話している間にも、マイケルのスマートフォンに次々と着信がある。状況が刻々と入ってくるのだろう。

「何だと！　今度は、コンピュータ・サイエンス学科のシステムに、攻撃だと？」

マイケルが口にした瞬間、ポールの表情が一変した。

「量子のもつれの発生装置を停止させるつもりだ！」

ポールが叫ぶと、キャサリンも顔色を変えた。

「大変よ！　停止したら反撃できなくなってしまうわ」

それが狙いだと奥本も分かった。容赦ない攻撃に出たのは、反撃準備が完了間近なのを察知したのか？

「マイケル。発生装置の電源を停電用の予備電池に切り換えるんだ！　物理的に停止しなければ、ハミルトンの防御は有効だよ」

ポールに教えられ、マイケルがすぐに連絡した。

「こちらの作業を急ごう。少しの猶予も許されない」

奥本が告げた、まさに、その時だった——。

実験室の外のどこかでドンッと重い、大きな異常音がしたと思うと、緊急事態を知らせる鋭い警報音が、施設全体にけたたましく鳴り響いた。

奥本は、操作パッドを真に渡して装置の運転を頼むと、ガラスルームから実験室の外に出た。

通路の先で、大勢の職員や研究員が大慌てに走り回っている。戦場のような騒然とした雰囲気だ。

足早に向かうと、セットアップを助けてくれたさっきの職員が奥本の姿を認めて、走り寄ってきた。

「大変な事態です！　一刻も早く施設の外に避難してください」

「いったい何が？」

「アウトブレイクが起きたんです！」

「アウトブレイク？」

「病原体による施設内の汚染です！　冷凍保存していたものが持ち出されて、通路に放置されていました。冷凍が融けて病原体が飛散してしまっている。致死率の高い、危険な感染症ウイルスです」

「誰がそんなことを？」

「不明です。通常なら危険で誰も近づけないはずが、いつの間にか勝手に持ち出されていた」

職員が引きつるように顔を強張らせた。

「シールド壁を閉じて拡大を防ごうとしましたが、施設のコンピュータまで破壊されて、動かせない。防護服の職員たちが手作業で消毒し、どうにか時間を稼いでいます」

奥本はとっさに、ウラディミールの攻撃を連想した。

「ここのシステムは、外部のネットワークから遮断されているはずでは？」

「物理的に破壊されたのです。たぶん同じ者の仕業です」

「――」

「こうして話している時間はありません。あと三十分以内に施設外に避難してください。全員を急ぎ退避させ、施設全体を封鎖します」

「三十分で？」

「それ以上の時間の余裕がないのです。ダブリンの市街地にウイルスを流出させてしまう危険がある」

職員が、にらむように奥本を見た。

「――それと、出口でかならず除染エアーを浴びるように」

早口に言い残して、職員が走り去った。

奥本は大急ぎで実験室のガラスルームに戻った。

「みんな、よく聞いてくれ！　緊急事態だ。このＢＳＬ４施設でアウトブレイクが発生した。危険な感染症ウイルスによる内部汚染だ。三十分以内に全員が避難する」

一瞬、氷のような沈黙が支配した。

「ポールにキャサリン、トレース作業も中止だ。これからアンネマリーと真を連れて避難する」

13

「父さん、待って！」

真が慌てて奥本を止める。

「どうした？　もう時間がない」

「この実験室も……何かに汚染されてるよ」

「そんなはずはない。実験室は施設からシールドされている」

奥本は職員の話した飛散したウイルスのことだと思っている。

「違うよ、あれを見て！」

真が、奥の隅で飼育されているマウスを指さした。

視線を向けた瞬間に奥本も、異様に感じた。

ケージの中の白いマウスの全身に、病変を示す不気味な黒い斑点模様が出ている。

とっさに奥本は、アンネマリーを助けなければと考えた。

スクリーンに映る表情は黒いゴーグルに覆われて分からないが、さっきからの会話をいっしょに聞いていたはずだ。なぜか沈黙したままでいる。

「そうだ！　トイヴォがいる」

奥本が叫んだ。トイヴォなら感染を恐れる必要はない。

あたりを見回した奥本は、トイヴォの姿がないことに気づいた。

「トイヴォはどこにいる？」

「さっきから姿が見えないんだ……」

真が引きつった表情で口にした。

一瞬――、奥本は、恐ろしい想念に襲われた。が、そんなはずがないと、自分で打ち消した。ウラディミールの攻撃でトイヴォのＡＩサーバーもダウンしたが、プログラムが改変されていないことは確認している。

それ以上、考えている時間はなかった。壁の防護服を奪うように外して身につけると、真から操作パッドを取り戻す。

すると、真も防護服を身につけ始めた。

「真、お前は先に避難するんだ。アンネマリーは父さんが助ける」

「そうじゃないよ。僕も確かめることがある」

二人で議論をしている時間はなく、いっしょにガラスルームを飛び出した。

トレース装置に近づいた奥本は、操作パッドの停止ボタンにタッチして、愕然とした。緑色の表示が点滅を続け、装置を停められない。制御しているコンピュータが無理やり破壊されたことで、停止できない状態になってしまっている――。固定ベルトを開くこともできなかった。

⑬

奥本は、トレース装置にある手動の赤い非常停止ボタンに、手を伸ばした。

「ケン、停めちゃダメだよ」

アンネマリーの声が、イヤホンを通して耳に届いた。不思議なほどに落ち着いている。

「アンネマリー、何を言ってる！」

「ケン、いいの。それよりマコトと早く逃げて……」

「あきらめちゃダメだ！　時間はまだある」

奥本が励ましの声を上げた。操作パッドの表示を見るとまだ二十分近くある。

「ううん。違うよ――」

困惑して顔をさらに近づけた奥本は、慄然となった。

アンネマリーのピンク色の頬に、いつの間にか、マウスと同じ黒い不気味な斑点が一つ現れている。

「分かった？　あたしね、もう感染してる」

彼女が口にしたのと、真が向こうで叫んだのと、同時だった。

「父さん！　冷蔵室の中に正体不明の人工細菌がある。僕が試作したのとは別物だよ。マウスが感染したのは……これかもしれない。このままにしておくのは危険だ」

真がそのシャーレをＤＮＡ解析用の検査台にセットした。

「アンネマリー、いったい……どうしてなんだ？」

奥本は茫然となった。

「あたし、朝来て、マウスたちにエサをあげたのよ。いつもはおとなしいのに様子が変で、一匹に、指を噛まれてしまったの」

奥本は突き上げる感情で泣き出しそうになった。

「ケン。それとね、マウスのうちの数匹が……たぶん逃げ出してる」

「――」

「朝、ケージは二つともちゃんと閉じていたのに、あたし、マウスの数が少ないように感じたの。そのときは気のせいだと考えたけど……そうじゃないよ」

奥本が急いで見渡したが、実験室内にマウスの動く姿は見えない。ならば施設の内部か、最悪外に出てしまっている。目の前が真っ暗になるのを感じた。

「ポール、あたしの姿が見える？」

アンネマリーがポールに呼びかけた。

「アンネマリー……見えているよ」

ポールはすでに涙声だ。さっきからの会話をすべて聞いている。

「このままトレースを続けるのよ。動画はあといくつ？」

〈13〉


「まだ一つ残っている……」

「休止しちゃダメよ。このまま最後の一つも続けて完成させるの」

「それは危険だよ！」

「何を言ってるの！　事情はもう分かってるでしょう？」

ポールは返事ができない。

「ポール、よく聞いて。ウラディミールをやっつけられるのは、この世界にポールだけなの。緑のペンダントがあたしたち二人を出会いへと導いたのは、そのためなのよ。だからね、悪意を打ち負かして世界を守るんだよ」

アンネマリーの言葉が奥本にも厳粛に響いた。

その間にも、不気味な黒い斑点が頬にもう一つ現れ、さらに数が増えていく。進行がそれほど速いことが不可解だった。

切迫したアナウンスがふたたび施設全体に流れ、あと十分以内の退去を厳命した。

「ケン、それにマコトも、早く逃げるのよ」

アンネマリーが強い口調で言った。

奥本が真の姿を探すと、いつの間にかガラスルームに戻って、防護服のままスクリーン端末に向かっている。

「キャサリン。正体不明の人工細菌のＤＮＡスキャンをいまから始める。データがそちらに送信されるので、ハミルトンで解析するんだ」

「マコト、分かったわ」

キャサリンも涙声だ。

このまま逡巡していれば施設内に取り残される……そう分かっていても、奥本は立ち去れずにいた。

「あたしね、ケンをずっと……自分のダッドのように思っていたの。あたしみたいな変わった女の子でも、ケンはそのまま理解してくれたからね。そんなの……マザー・ヴェロニカと、ケンだけだったよ」

「………」

「だから、早く逃げて。あたし、自分のダッドに……死んでほしくないよ」

奥本は涙を抑えられなかった。

「マコトだって、ケンを置いて一人でなんか、逃げられないよ」

奥本が顔を上げると、真がガラスルームからじっとこちらを見ている。

「――それに、ケンには愛している大事な人が、いるじゃないの」

パトリシアのことを言っているのだ。奥本は防護服のままアンネマリーの手を握り締

⑬

めた。

「あたし、こうなることは分かっていたの。ケンと行ったドロヘダの森のフェアリー・リングで、宇宙からのメッセージをあらかじめ受けていたからね」

あのとき彼女が拒むような光を眼に浮かべていたのは、それが理由だったのだ。

「二人が去ってもだいじょうぶだよ。ポールが最後まで、あたしを見ていてくれるから」

そのポールは、研究所で泣きじゃくりながら、アンネマリーの脳の神経回路のデータをハミルトンで処理していた。ふと、心のどこかに疑問を感じたが、動揺でそれ以上考える余裕がなかった。

すぐ横で、キャサリンがやはり眼に涙を浮かべ、真からの正体不明の細菌のＤＮＡを解析している。

二人の目の前にある画面で、アンネマリーの口元が苦しそうに何度も歪んだ。ピンク色の頬には、黒い不気味な斑点がさらに増え続けている。

それでもポールは目をそらさなかった。どんなに残酷な光景でも、アンネマリーの姿を最後まで見届けなくてはいけない。必死で、そう自分に言い聞かせた。

最後の善意の動画が終了した。

そのあとも神経回路のトレースは停まらず、アンネマリーの脳が働き続けているのが分かった。頬の黒い斑点は首のあたりまで広がり、大きなまだら模様になってしまっている。赤紫色に変色した唇が、まだかすかに震えているのが分かる。

やがて、トレースされている神経回路のデータから、変化が消えた。画面のアンネマリーの顔の震えも止まり、ピクリとも動かない。

ポールは、首に掛けている緑のペンダントを強く握った。それでも溢れる涙が止まらない。キャサリンが寄り添って抱き締めてくれたが、ポール以上に涙で顔をくしゃくしゃにしている。

14

奥本賢と真の親子二人は防護服姿のまま間一髪で、ＢＳＬ４施設からの退避を果たした。施設の研究員と職員たちも無事避難し、その後の検査で何名かに感染の陽性反応が出たものの、すぐさま処置を受けて生命の危険は避けられた。

唯一の犠牲となったのが、アンネマリー・オブライエンだった。

最高度の安全が求められるＢＳＬ４施設でアウトブレイクが起きたことで、アイルランド政府は事態をきわめて深刻に受け止めた。

国家レベルで感染症を統括する部局がただちに施設を封鎖し、周囲一帯を全面的に立ち入り禁止とした。対策チームが即座に立ち上げられ、危険な病原体の外部流出がないか徹底的なモニタリングを開始した。

もっとも懸念されたのが、アンネマリーが犠牲となった正体不明の人工細菌だった。感染した実験用のマウスが施設外に逃げた恐れのあることを、奥本がすでにマイケル・オサリバンを通して報告している。

翌日には、事態が想像よりもはるかに深刻であると明らかになった。

退避間際のギリギリに真が送信した、その不明な人工細菌のＤＮＡスキャン・データを研究所のハミルトンで解析し、結果が出たのだ。

その正体が、ストックされていた無害な人工細菌のα基体に、ペスト菌の毒素を生成するＤＮＡ部品が組み込まれたものだと判明した。さらに、増殖を速めるＤＮＡ部品が同時に使われていた。

危険度がペスト菌と同等の可能性があると分かり、アイルランド政府がダブリン市とその周辺に緊急事態を宣言し、他の地域との人の移動を制限した。

ペストは歴史上、何度も世界的な大流行を見ている。ヨーロッパでは十四世紀から十五世紀にかけて猛威をふるい、イングランドでは人口の八割が死亡し、全滅した町や村もあった。致死率がきわめて高く、治療されなければ六十から九十パーセントが死亡

⑭

するとされる。現代でも、生物兵器として使われる可能性が高い病原体として、アメリカ政府はペスト菌を危険度が最高のカテゴリーAに分類している。

アンネマリーの症状を目撃したのは、奥本と真の二人だった。政府の対策チームの専門家が急遽ヒアリングに研究所を訪れ、実験室の責任者であるマイケル、映像を通してアンネマリーの最期を見届けたポールとキャサリンも、そこに同席した。

「飼育していたマウスが最初に感染したのだと思います。白い全身に黒い斑点が出ていました。彼女はその日の朝一番に来て、エサを与えようとして指を噛まれたのです」

奥本が経緯を説明した。

「何よりも驚いたのは、症状の進行の速さです。黒い斑点が頬に一つ現れたかと思うと、たちまち数が増えていき、赤や黒紫色の大きなまだら模様になりました」

奥本は思い返すのも辛かった。

「黒死病と呼ばれた、ペストに似た症状ですね。内出血して皮膚が黒紫色になり、血液によって菌が全身に回るとあちこちに出血斑が出ます」

ヒアリングの担当者がそうコメントした。奥本の見たのがまさにそれだ。

「通常でも、ペストは早ければ感染後一日で発症します。進行を速めるＤＮＡ部品がさらに使われていたのですか？」

「そうです」

それには真が答えた。

「毒素の生成はどのようにして？」

「ゲノムがすべて解読されているので、その情報を基に設計したのです。実験室にあるシステムの端末から簡単に検索でき、材料の人工ＤＮＡもストックされています。ベースに使ったα基体がペスト菌と同じ腸内細菌科に属しているので、合成は容易だったと思います」

それにも、真が回答した。

「口をはさませてもらうが、急ぎワクチンを作れないのか？」

マイケルが質問する。

「マイケル。ワクチンの設計ならハミルトンを使ってできると思う。でも、生体実験で安全を確かめずに使用できないよ」

真は困惑の面持ちだ。

「ペストには、いまでも効果的なワクチンがないのです。当面は、ペスト用の既存の抗生物質などを援用して対処するしかないでしょう。どこまで効くか不明ですが」

ヒアリングの担当者が意見を述べた。

14

終了すると、マイケルがそのまま残り、全員でウラディミールへの対抗策を議論することにした。

「こんな事態になろうとは……俺が、一番避けたかったことだ」

マイケルは悔しさを抑えられない。

「トイヴォがやっただなんて、僕にはとても信じられないよ」

真も嘆きを口にした。

危険な人工細菌を作ったのはトイヴォだった。ハミルトンに残る記録データから、アウトブレイク発生の前日の夜に、ペスト菌の毒素を生成するＤＮＡをひそかに設計していたと判明した。

あの朝、一番に実験室に来たアンネマリーが、トイヴォがすでに単独で作業をしていたと語ったのを、真は思い出した。夜の間に人工細菌の作製と培養を行ったのだと容易に推測できる。マウスを使って効果を確認した上で、数匹を飼育用のケージから逃がしたのも、トイヴォだろう。

「マコト。トイヴォのせいじゃないわよ。きっとウラディミールに操られただけなのよ。トイヴォのＡＩサーバーを乗っ取って、やったに違いないわ」

キャサリンが発言した。

「いや、待ってくれ！　トイヴォのＡＩプログラムに改変がないことは、相手側と何度も確認している。ウラディミールのサイバー攻撃を受けたあとも、三十秒ごとにチェックしていたのだぞ」

黙っていられずに、マイケルが反論する。

奥本もそれを知っていた。ウラディミールが何かそれ以上の手を使ったのか？

「マイケル。エストニアのサーバーとトイヴォの間の通信記録は、あるの？」

ポールが尋ねた。

「もちろんだ。この合成生物学研究所も含めて、外のネットワークからのアクセスはすべて、大学の管理サーバーが共通の受け口になっている。トイヴォは研究所のシステムとは別系統なので、そこで分かれて通信している」

「アウトブレイクの前日からの記録を調べられる？」

求めに応じて、マイケルがその場で部下に連絡し確認させた。

結果が返るのに時間にして十分もかからなかった。

「何だと！」

スマートフォンを手にマイケルが叫ぶ。

「ポール。トイヴォの通信先はエストニアじゃなく、大華国だったぞ！」

全員が愕然とする。

「どのサーバーかまでは分からんが大華国なのは間違いない。大学の管理サーバーに残る経路のデータがそうなっていた」

「そうか、分かった！　大華国のサーバーにウラディミールがコピーしたんだ」

ポールが叫ぶ。

「トイヴォのＡＩプログラムを……か？」

マイケルが唖然となる。

「そうだよ。エストニアの大学を攻撃したときに、トイヴォのサーバーからコピーしたんだ。大華国内のサーバーを意のままにできるので、そのコピーを改変して使いトイヴォを操作した。研究所とは通信が別系統なので、量子のもつれの防御が働かなかったんだよ」

「クソ！　なんて奴だ」

マイケルが歯ぎしりした。

「あの前日に、父さんから脳のトレース作業を実験室ですると連絡があったとき、トイヴォは横で聞いていた。直前に機能が回復したんだ」

真が、そのことも思い出した。

「それで、ウラディミールが知ったのか。反撃が目前なのを察知して、トイヴォを使い妨害を企てたのだ。感染の恐れがないので危険なエリアに侵入させ、保存されていた病原体を取り出し放置させた。コンピュータを破壊したのもトイヴォだろう」

奥本も想像がついた。

「トイヴォはいま、どうなっているの？」

ポールがマイケルに尋ねる。

「封鎖された施設の中だ。どうなっているかは分からん」

「正常に動く？」

「破損がなければ動くだろう。エストニアのサーバーからチェックは可能だ」

「確認してもらえる？」

「分かったが、何か考えがあるのか？」

マイケルが尋ねた。

「せっかく反ウラディミールの準備ができたのに、相手のネットワークに送り込めないでいる。それをどうにかしないと――」

ポールが口にした。

「トイヴォを使って、善意のビッグデータを準備していると知ったから、攻撃すれば逆に反撃される危険があると分かったのね」

⟨14⟩

キャサリンも難しい顔になる。

「アンネマリーが犠牲になって……善意のビッグデータを完成できたんだ。このまま諦めるなんて、僕にはできないよ！」

ポールは強く決意している。

「そこにトイヴォを使うのか？」

マイケルがもう一度尋ねた。

「トイヴォが大華国から操作されたとこちらが知ったことを、ウラディミールはまだ気づいていないはずだ。トイヴォを使って反撃できるチャンスがあるよ」

ポールにはアイデアがあるようだった。

ヒアリングの数日後に、誰もが怖れていたことが起きた。

ＢＳＬ４施設から一キロほどの距離にある野原で、感染したマウスの死体が一体発見されたのだ。実験室から逃げ出したうちの一匹なのは明らかで、野生動物に噛み殺されたと考えられた。

マウスの死体発見の翌日、早くも最初の感染者が報告された。血液を採取し検査した結果、ペスト菌の毒素が検出され、人工細菌のものとＤＮＡが一致した。ペスト用の既存の治療薬が投与されたものの、進行に多少の遅れがあったほか目に見える効果がなく、全身に黒斑を浮かべた状態で死亡した。

接触者全員とその周囲の者がただちに隔離され、発生地一帯の徹底した消毒がされたが、感染は別の場所でも発生した。

それからは毎日のように感染の報告があり、日を追って数が増えていく。

アイルランド政府は、ダブリン市のあるダブリン県と周囲三つの県に非常事態を宣言し、域外との人の移動を禁止した。

だが、野生の動物たちの移動禁止は不可能で、森や小川の多いアイルランドで感染拡大を防ぐのは難しく、状況はさらに悪化していった。

「おい、ケン。最悪の事態だぞ」

テレビのニュースを見ていたマイケル・オサリバンが、背後の奥本に呼びかけた。二人は研究所のマイケルのオフィスにいる。

「郊外の浄水場の貯水池で菌が検出されたぞ」

「浄水場？」

「リフィー川の上流にある大きな浄水場だ。ダブリン市を含めた何十万もの人口に水道水を供給している」

⑭

「水道水が……菌で汚染されたのか？」

「まだ調査中のようだ。安全が確認されるまで給水が中断される」

奥本もニュースに見入った。

政府の命令で軍が緊急出動し断水地区の住民に水を配給する、と報じている。

ニュースのキャスターが、パニックに陥らないよう視聴者に繰り返し訴えた。取水した水に菌が混入しても、浄水の過程で除去されるか殺菌されるという。

ニュースの中で、感染制御の専門家が意見を求められ、むしろ検出された場所への懸念を述べた。貯水池には多種の動物が出入りし、それを通して感染拡大が危惧されるという。

その懸念は、たちまち現実となった――。

BSL4施設を中心に、浄水場までの距離と等しい半径内で野ネズミや野ウサギなどを捕獲し調べたところ、感染が多数確認された。一帯の住民に飼育されているイヌやネコが野放しにされることもあり、それらを介して人にも感染の危険がある。その範囲内に、ダブリン国際空港とその近辺も含まれていた。

ほどなく、空港の利用者から十名以上の感染者が出た。全員が空港内の同じカフェテリアを利用したと分かり調査したところ、飲食物を提供しているケータリング会社の従業員に感染者が出ていた。会社の厨房から大量の菌が検出され、ネズミなどを通して入り込んだと推定されたが、正確な感染経路は不明だった。

悪いことに、数名の感染者がロンドンに向かった便にすでに搭乗しており、ヒースロー空港到着後に空港内で発症した。検疫が出動して隔離されたが、機内で周囲にいた乗客の何名かは便を乗り換え、別の目的地に向かっていた。

アイルランド政府は、ただちにダブリン国際空港を閉鎖した。航空便の乗り入れのあるヨーロッパの各国やアメリカの空港でも、検疫の厳戒態勢が敷かれた。

感染の広がりは空路だけに留まらなかった。

ダブリンからイギリスのウェールズに向かうフェリーの乗客からも、複数の感染者が出た。船内にあるカフェテリアに同じケータリング会社がサービスを提供していたのだ。到着までの所要時間は三時間三十分だが、乗船中に全員の身体に黒い斑点が出て、一名は重症となった。目的の港に到着後、乗員と乗客全員がただちに隔離された。

イギリス政府はアイルランドとの海路の往来を全面禁止とした。

感染の拡大が国外にまで波及する中、アウトブレイクを起こしたＢＳＬ４施設の封鎖を解除し、除染作業が行われることになった。一週間にわたる注意深いモニタリングの

14

結果、研究目的で保管していた病原体の外部流出がないと確認されたからだ。

奥本賢と真の二人も、除染隊のメンバーとして施設の内部に入ることを許された。

完全防護服に身を固めた除染隊員たちはそこで、不思議な光景を目撃した。

施設内の至るところが危険なウイルスと細菌で汚染されていたのに、合成生物学研究所の実験室だけがそうではなかった。

実験室に足を踏み入れた奥本と真は、脳神経のトレース装置にあの時のままに座っている、アンネマリー・オブライエンを認めた。

凄惨な光景を覚悟して近づいた二人が目にしたのは、しかし、予想外のアンネマリーの姿だった。

あの不気味な黒い斑点やまだら模様がきれいに消え去っている。一週間の間に少しの腐敗もなく、頬も口元も首も生きていたときそのままのようだった。

頭に装着されているヘッドマウント・ディスプレイを奥本が取り外した。

アンネマリーの表情に苦悶の色はなく、むしろ安らかに見えた。

「父さん、どういうことだろう？」

真が涙を目にそう口にしたが、もちろん奥本にも分からない。

室内を見渡した奥本は、奥の栽培棚にある夢のシャムロックが少しも枯れていないことに気づいた。そばのケージで飼育されていたマウスたちは死んで横になっているが、あの日全身に現れていた不気味な黒い斑点がやはり消えている。

真が、扉が開かれたままの人工細菌の保存庫へと向かった。

中を調べると、真の試作した人工細菌が驚くほど大量に増殖していた。並んで置かれた培養シャーレから溢れ出し、保存庫の中だけでなく実験室の床や壁にまで広がっている。真がよく見ると、まだ盛んに分泌を続けているのだった。

真は、電子顕微鏡のある中央の丸テーブルに向かった。避難の直前にＤＮＡスキャンのために置いた、トイヴォが作った人工細菌のシャーレがそのままになっている。こちらは完全に死滅していた。

アンネマリーの遺体が、念のためていねいに除染されて、防護シートで覆った担架で運び出された。

除染隊はさらに、破壊されたコンピュータの近くに、用済みのようにして倒れているトイヴォを発見した。電気ショートを起こしてバッテリーが切れていたが、こちらも除染して回収された。

感染拡大が、世界で、悪化の一途をたどっている。

ダブリンを中心にアイルランド国内の感染者数は数百人を超え、イギリスやフランス

◇14◇

など近隣の国々でも、二桁に達していた。いずれも、致死率が五十パーセント以上という恐ろしい数字だ。

合成生物学研究所とＢＳＬ４施設との合同チームが結成され、アンネマリー・オブライエンの遺体の解明を最優先で行った。もちろん真たちも加わっている。

その結果は、事態打開への決定打となるものだった――。

アンネマリーが感染した危険な人工細菌のペスト由来の毒素を、真が試作した人工細菌からの分泌物がきれいに中和してしまった、と分かったのだ。どちらもα基体をベースにしているので、ＤＮＡ配列の類似が劇的な効果をもたらした。

有効性と安全が確認されると、合成生物学研究所がただちに人工細菌の大量培養に乗り出した。その分泌物を原料に、マイケル・オサリバンのいたシャノン社が政府から治療薬の製造を委託され、国内外への供給を始めた。

一方で、奥本の古巣である日本の武中製薬が比叡山麓の薬用植物園で夢のシャムロックの大量栽培を行い、有効成分を抽出する方法で治療薬の製造を始めた。

世界は、これまでにない災厄となったに違いない未曾有のパンデミックに陥る、そのまさに一歩手前で、奇跡的に危機を免れた。

アンネマリーの遺体があのようにして戻ったことで、あれよあれよという間に状況が好転し始めたことに、奥本は不思議な気持ちを覚えずにいられなかった。

世界にいまだ残る危機が、サイバーテロの脅威だった。

奥本とマイケルは休むことなく、ウラディミールへの反撃準備を再開することにした。

トイヴォがＢＳＬ４施設から除染回収され研究所に戻っている。

「どうしよう？」

真はさすがに複雑な気持ちだった。

「マコト。ロボットに善も悪もないわ、使う者の問題なのよ。私はトイヴォに恨みなんてないわ」

キャサリンが迷わず述べる。

「キャサリンの言う通りだよ」

アンネマリーの死にもっともショックを受けたポールも、そう口を揃えた。

「俺も賛成だ。それに反撃にトイヴォが必要なのだろう？　ポール、どう使うのだ？」

マイケルが質問した。

「トイヴォのＡＩとの通信にも、量子のもつれの検知が働くようにする。そうしておいて、ウラディミールがトイヴォを操らなければならない状況を作れば、そのタイミングで反ウラディミールを相手側に送り込める」

⑭

「大学の受け口で分岐しているトイヴォとの通信を、研究所のシステムに一度通すようにすればいいのか？」

「マイケル、そうだよ。それなら外部から見分けがつかない。ウラディミールが直接トイヴォにアクセスしていると油断する」

「なら容易だ。明日までに作業を終える」

マイケルが部下に連絡を取った。

「ポール。でも、ウラディミールがトイヴォを操作しないといけない状況は、どうやって作るの？」

キャサリンが質問すると、ポールが困った表情になって奥本に助けを求めた。プログラミングや数理には天才的でも、相手をだます企みは苦手なのだ。

「あのときの状況を考えれば、善意のビッグデータは完成しなかったと、ウラディミールはそう判断しただろう。最後のトレースを取り直すと偽装して、その作業にトイヴォを入れよう。ウラディミールがふたたび妨害に出るはずだ」

奥本が考えを述べた。

「父さん。作業を夜間に行えばより確実だよ。夜に、トイヴォは自分で停止していた。動いていれば何か作業をしていると、きっとウラディミールが判断する」

真が提案する。

「じゃあ、トレース装置が夜間しか空いていなかった、という理由にしよう」

「被験者はどうするの？」

キャサリンが尋ねたが、奥本はもう考えている。

「キャサリン、パトリシアに頼めるだろうか？」

「そうか、私のモムね！」

翌日の夜には、準備がすべて整った。

時間を定めて、ＢＳＬ４施設の実験室に奥本と真とトイヴォが揃い、アンネマリーに代わって今回はパトリシア・ハートが加わった。ポールとキャサリンは前回と同様に研究所のセクション・ルームで作業に当たり、マイケルが大学の管理センターで全体を見守る。それぞれの場所にあるスクリーン端末の画面の小窓に姿を映して、たがいの様子が確認できるようになっている。

日中に、特別な作業で夜間にトイヴォを使いたいと、マイケルと奥本が意図的にエストニアと通信している。ウラディミールが察知するのを想定してのことだ。

実験室の中には、すでにトレース装置が置かれている。

「ケン、ここに座ればいいの？」

⟨14⟩

被験者役を受けてくれたパトリシアが奥本に声をかけた。

「そうだが、その前にこれを装着してほしい」

視聴用のヘッドマウント・ディスプレイを奥本が助けて、パトリシアの頭に着けた。

「キャサリン作の善意の動画を見てもらう。ヒロインの気分になるだろう」

スクリーン端末に追加の窓が開いて、パトリシアの顔がズームアップして現れる。

「モム、グッドラック！」

キャサリンの声がイヤホンを通して伝わった。

トレース装置の操作を行うのは、今回は意図して、トイヴォにしている。パトリシアの用意が整ったところで、トイヴォが操作パッドを使い固定ベルトを閉じた。

「デハ、すたーとシマス」

トイヴォが全員に伝えた。トレース装置の開始に合わせ動画が流れ始める。

偽装がうまくいけば、ウラディミールがトレースの完了前に妨害に出る。視聴中のパトリシアを除き、全員がその瞬間を緊張して待った。

動画が半ばを過ぎたときだった——。

突然、トイヴォが想定外の行動に出た。トレース装置の緊急停止用の赤ボタンをいきなり押したのだ。ズンッという低い音が響き、装置が止まった。

ウラディミールがトイヴォを操ったのだ。

スクリーン端末を注視していたポールとキャサリンの眼前に、反ウラディミールの転送を示す、青の表示が現れた。

ハミルトンを使い送信先が大華国内のサーバーであるのを確認し、ポールが指でＯＫサインを示す。マイケルがすぐに外部とトイヴォの間の通信を遮断した。トイヴォが停止し、手にしていた操作パッドが床に落ちる。

奥本がガラスルームから出てそれを拾い、装置の固定ベルトを開いてパトリシアを解放した。

「これで終わりなの？　まだ見ていたかったわ」

装着していた黒いゴーグルが外されると、パトリシアが笑顔で言った。奥本と二人でガラスルームに戻る。

「モム、ウェルカムバック！　大成功よ！」

キャサリンが画面から呼びかけた。

暗雲がポールの心中に一気に広がったのが、まさにそのときだった。

キャサリンの母親の笑顔を見た瞬間、アンネマリーの最後のトレース中に心に感じた疑問が何か、ポールはハッキリと理解したのだ。

⑭

「ポール、急にどうしたの？　怯えた顔をして……」

「――」

キャサリンが気づいて声をかけたが、ポールはすぐに返事ができなかった。

「キャサリン、反撃が……うまくいかないかもしれない」

ポールが青くなってつぶやく。

「何ですって！」

これ以上ない驚きの顔になって、キャサリンが叫んだ。

「うまくいかないかもしれないって……どうしてなの？」

二人のやり取りを、奥本と真、そしてマイケルも画面を通して見ていた。全員が驚愕の表情だ。

「ポール、説明してくれ」

顔を歪め、マイケルが求めた。

口を開く前にポールがもう一度、自ら確かめる表情になる。

「最後のトレースが善意のデータとして……使えない可能性があるからだよ」

奥本には信じられなかった。アンネマリーがあんなにも苦しみながら遺してくれたデータが、無駄だったというのか？　そんなことが――。

ポールは半泣きだ。

「あのとき、心に疑問のように感じていたけど、データの処理に必死で……考える余裕がなかったんだ」

ポールがそう打ち明けた。

「あんな状況だったから、動画をまともに視聴するなんて……アンネマリーはできなかったと思う。善意のストーリーとかけ離れた心の状態だったはずだよ。だとしたら、トレースされた神経回路のデータとストーリーとの整合性が……まったく取れていないことになる」

「善意のデータとして加えても無意味だった……ということね」

キャサリンも理解した。

「――だが、たった一つだけじゃないか？　残りのデータはすべて有効だ」

奥本がたまらず声を上げた。

「ケン、そうじゃないんだ。特異点として追加した数がギリギリの最小なんだよ。分布式で計算したときに時間を少しでも節約しようと、余裕を一つも持たせなかったんだ。特異点が一つでも足りなければ、反撃の有効性は失われてしまう」

ポールのすることは厳密な数学の世界なのだ、奥本はようやくそれを理解した。ただの見当で数や量を決めるのとは……まったく異なる。

「僕が悪いんだ。アンネマリーに申し訳ないよ」

ポールが眼に涙を滲ませた。

「ポール、あなただけじゃないわ！　私もいっしょに数を決めたのよ」

キャサリンが声を上げる。

「二人とも、それなら最後のトレースをもう一度取り直して、善意のビッグデータに加えるのはダメなの？」

真が思いついて口にした。

ポールが暗い表情のまま首を横に振る。

「チャンスはもうないよ。今回で罠だったと、ウラディミールが気づいてしまっている」

「――」

マイケルは怒りと落胆で黙ったままだ。さすがに言葉は控えている。

「ポールにキャサリン。君たちは少しも悪くない。作業に要する時間を短くするよう求めた、この私の責任だ」

奥本の本心だった。

すぐ横に来ていたパトリシアが、そっと手を握ってくれる。

エピローグ

アンネマリー・オブライエンの遺体を聖地タラの丘に埋葬することが、アイルランド政府によって特別に許可された。

葬儀の当日、タラの丘に参集したのはポール・ファレル、奥本賢と真、キャサリン・マクレガーにパトリシア・ハート、そして、ドロヘダの森の修道院からやって来たマザー・ヴェロニカと数名のシスターたちだった。

マイケル・オサリバンが作業のために二名の部下を連れて来てくれていた。

アンネマリーの死を悲しむように、空は一面の灰色の雲で覆われている。

丘の頂上から少し離れた平たい草地に、埋葬のための穴が掘られた。その横に、アンネマリーの遺体を納めた棺が置かれている。

アンネマリーの顔は生きていたときそのままのようだ。首に緑のペンダントが掛けられている。

宗教的な儀式はなく、マザー・ヴェロニカとシスターたちが修道院の薬草園から、夢のシャムロックをいくつもの籠に摘んで運んで来てくれた。それを全員で手分けし、棺の中いっぱいにしてアンネマリーの遺体を包む。

棺に蓋をする前に最後の別れをするよう、マイケルが促した。

最初に、ポールがアンネマリーの耳元に顔を近づけ、小さく言葉をつぶやいた。眼に涙を浮かべている。アンネマリーの緑のペンダントを手にして、確かめるように一度強く握った。

マザー・ヴェロニカとシスターたちが続き、安らかな眠りを祈る言葉をマザー・ヴェロニカが口にして十字を切ると、シスターたちもそれにならった。

そのあと、奥本と真が黙とうして別れを告げ、最後に、キャサリンとパトリシアが遺体に顔を寄せて祈りの言葉をつぶやいた。

マイケルと二人の部下が蓋をして、棺が穴に埋められた。

土を盛って小さな丸い墳丘が造られ、あらかじめ用意されていた石の墓標が建てられた。

〈アイルランドの聖なる妖精　アンネマリー・オブライエン〉

埋葬を終えて去る前に、奥本が丘の端で一度立ち止まり、予期していたように振り返った。全員が奥本にならう。

灰色の雲の切れ間から一筋の光が射し、アンネマリーが眠る聖なる墳墓を照らしている。

世界中で吹き荒れていたウラディミールによるサイバーテロが、このところピタリと止んでいる。

「ポールにキャサリン。反撃がやはり、功を奏しているのじゃないか？」

奥本が一筋の希望を抱いて声をかけると、二人はまだ疑問の眼で応えた。

やがて、世界の各地で奇妙な事例が報告され始めた――。

ニューヨーク市の地下鉄運行システムにサイバー攻撃があり、プログラムがひそかに改変され、あやうく列車の正面衝突に結びつくところだった。巧妙な手口からウラディミールによるものと考えられたが、しかし事故は発生しなかった。システムの記録データを調べたところ、直後に別のサイバー攻撃（？）があり、前の攻撃が無効にされていたと分かった。

ダブリン国際空港でも、同様の事例が報告された。管制システムにサイバー攻撃があり、着陸と離陸をしようとする二機に対して、同時刻に同じ滑走路を使用する指令が出されるところだった。以前にロンドンのヒースロー空港で起きたものと酷似していることから、やはりウラディミールの仕業と考えられたが、ここでも直後に別のサイバー攻撃（？）があり、直前のそれが無効にされていた。

「――やはり、反撃が効果を挙げている！」

奥本が今度こそは確信し、ポールとキャサリンに対して声を上げた。

報告された事例のくわしいデータをマイケル・オサリバンが入手し、キャサリンがハミルトンで善意のビッグデータと照らし合わせ、解析した。

半日ほどで結論を得て、ポールと奥本そしてマイケルを集めて伝える。

「あの最後のトレースデータはね、無駄どころじゃなかったのよ！」

キャサリンが叫んだ。興奮して泣き出しそうな表情だ。

「どういうことだ？」

マイケルが、ポカンとした顔になる。

「無駄になったのはストーリーと動画だけよ。アンネマリーの神経回路のデータはそうじゃなかったの。それどころか、はるかに有効だったのよ！」

「――？」

奥本も何のことか分からなかったが、ポールは理解してパッと顔を輝かせた。

「そうか！　あの場のアンネマリーの行為こそが……まさに究極の善意だったんだ！」

「その通りよ！　そのデータが加わったので、それを学習した反ウラディミールの反撃を、ウラディミールはまったく予測できなくなってしまったの！」

キャサリンの顔も勝利に輝いている。

「ケン。もうだいじょうぶだよ。どんな攻撃も相殺されて、すべてきれいに対消滅してしまう」

ポールが涙ながらに笑みを浮かべた。


大ユーラシア連合の大華国とロストア国が、ウラディミールの脅威を自力で消し去ったと世界に向けて発表したのは、それから間もなくのことだった。

アメリカ政府は信用せず、証拠の開示を要求したが拒まれた。

アイルランドとエストニアの両政府は真相を知りながら、特別な発表をしなかった。

二つの政府の自信を支えているのは、世界市民コミュニティーがますます、世界で賛同を集めていることだった。

アイルランド政府からの要請を受けて、量子コンピュータで動くＡＩのハミルトンと、サイバー攻撃に対抗するＡＩの反ウラディミールとを、トリニティ・カレッジと合成生物学研究所が世界市民コミュニティーに提供すると決めた。

それを機に、反ウラディミールの名前がアンネマリーと変えられた。さらにマイケル・オサリバンの強い勧めで、ポール・ファレルが学生ながら、コミュニティーの特別な技術アドバイザーとして就任した。

サイバー空間で、人類全体の電子共同体になろうとしている世界市民コミュニティーは、最高の防御と最強の反撃を担う二つのＡＩ、そして無双の天才プログラマーを技術アドバイザーとして持つこととなった。


奥本が日本に帰国する前日の夕方、賢と真、パトリシアとキャサリンの二組の親子で、ふたたび食事をともにした。

場所はアンネマリーがアルバイトをしていたテンプル・バーの店だ。

「パトリシア。本当にアイルランドに移住するのかい？」

「ええ。キャサリンと二人で決めたわ。キャサリンはダブリンにあるＩＣＴ社の現地法人に近く、異動の希望を出すの」

親子揃って行動が速いことに、奥本も真も感心する。

真とキャサリンが注文を伝えにテーブルを離れた隙に、パトリシアが身体を奥本に近づけた。

「ケン。実はね、キャサリンがマコトと将来を誓い合ったようなの。ダブリンに来ることを決めたのは、それも理由だったのよ。あなたは知っていた？」

「――」

奥本には青天の霹靂だった。

「本人から……聞いていなかったの？」

「いや、知らなかったよ。親子でもたがいの個人的なことは、あまり話さないのさ。そうなら心から祝福するよ」

奥本も、キャサリンのような明るく利発な娘なら大歓迎だ。

「あなたは日本に帰ったら……どうするの？」

パトリシアがためらいがちに尋ねた。眼は真剣に奥本を見ている。

「一度戻るけど、またダブリンに来るつもりだよ」

パトリシアの顔がパッと明るくなる。

「本当に？　でも、どうしてなの？」

「マイケル・オサリバンを知っているだろう？」

パトリシアがうなずく。

「いまは合成生物学研究所にいるけれど、かつての仕事仲間なのだよ。ダブリンに駐在していた当時のね。世界市民コミュニティーのために働く人材を、アイルランド政府が求めていて、マイケルがその話を持ってきた」

「受けることにしたの？」

「ああ。古巣の大学で哲学の学び直しも悪くないが、今回のことで若い世代が必死で戦っている姿を見て、自分も何かしなければと」

「ケン、とても素晴らしいわ！」

パトリシアが自分のことのように喜んだ。

「日本とは、行ったり来たりの生活になると思う。あちらでも世界市民コミュニティーの推進をするつもりだよ」

二人が話している間に、真とキャサリンが並んで戻ってきた。

四人は、食事にあまり時間をかけなかった。このあとタラの丘に行くことを事前に決めているのだ。

奥本は、アイルランドを離れる前にもう一度、アンネマリーの墓をどうしても訪れたかった、それも、星空の下で――。京都のマンションで夜に天を仰いで彼女が教えてくれたように、そうすることで、たがいの存在を感じ合える。

数日前にそのことを伝えると、全員がいっしょに行くことを希望した。

帰国前日の今日になって、ようやく願い通りの晴天に恵まれた。

キャサリンが安くリースしている小型車を奥本が運転し、全員が同乗して夜の道をタラの丘へと向かった。

照明のない暗い田舎道を走り、丘の案内板手前の空地に到着する。

奥本が手にする懐中電灯を中心に集まるようにして、四人は、濃い闇に包まれたゆるい坂道をたどった。

白い柵を開いて丘の草地へと足を踏み入れる。

前方に、低い頂上が黒いシルエットになって視界に浮かぶ。その近くの埋葬場所まで迷うことはない。今度は真が懐中電灯を手にし、キャサリンと二人で先導して進んだ。

奥本とパトリシアは、今夜はいっしょに過ごすつもりでいる。暗闇の中で離れないよう、二人は手を取り合った。

着くと、アンネマリーの墳墓を囲んで四人が立った。懐中電灯の照らす光で墓標に刻まれた文字が浮かび上がる。

〈アイルランドの聖なる妖精　アンネマリー・オブライエン〉


四人は、しばらく黙ったままでいた。

不意に着信音がして、真がスマートフォンを手に取った。

「父さん、すごいや。世界市民コミュニティーの登録者が一億人を超えたよ」

ニュースの自動配信を読み上げる。

奥本が、手をつないでいるパトリシアを促して、先にある黒いシルエットの丘の頂上へと向かった。

短い傾斜を上がって、二人で古代の立石のかたわらに立つ。

奥本は、夜の空を見上げた。

満天の星が降り注ぐように輝いている。これまで目にしたことのないほど、星々の光に満ちた空だった。

中央に、天の川が地平線から地平線へと横たわっている。

「ケン。気のせいかしら？　さっきよりずっと……星がくっきりと見えるわ。不思議ね」

彼女が口にする前に、奥本はそうだと気づいていた。

この宇宙のどこかにアンネマリーがいるのだと、ハッキリと感じる。

広大な宇宙の中でどんなに距離が離れていても、私たちは瞬時に感じ合うことができるの、銀河の両端にいてもよ――

天上からの声が波動となって伝わってくる。

完

この作品はフィクションです。
実在の人物・団体・企業・地域・出来事・事件などとは一切関係ありません。

〈著者紹介〉

宇賀神 修（うがじん おさむ）

栃木県出身、京都大学理学部卒。理論物理学を専攻し外資系IT企業で勤務した異色の経歴をバックに、外国を舞台に日本人の姿を小説に描く。

著書に、2002年『金色の深い森』、07年『光の夢、花の輪舞』（栃木県文学大賞受賞）、13年『フェルメール・コネクション』、17年『ピーテル（継之進）とコルネリア』。

構えの大きい知的で緻密な構成の作品は、日本でほとんど類を見ない。

シュレーディンガーの妖精《ようせい》

2024年5月30日　第1刷発行

著　者　　宇賀神修
発行人　　久保田貴幸

発行元　　株式会社 幻冬舎メディアコンサルティング
〒151-0051　東京都渋谷区千駄ヶ谷4-9-7
電話　03-5411-6440（編集）

発売元　　株式会社 幻冬舎
〒151-0051　東京都渋谷区千駄ヶ谷4-9-7
電話　03-5411-6222（営業）

印刷・製本　中央精版印刷株式会社
装　丁　　弓田和則

検印廃止

Printed in Japan
ISBN 978-4-344-69008-0 C0093
幻冬舎メディアコンサルティングＨＰ
https://www.gentosha-mc.com/